VALLS, Manuel ; DELISIO, Norberto
Caminar sobre hielo, Manuel Valls y Norberto Delisio
—3.ª ed.; 7.ª reimpr.—Madrid : Oxford, 2020
338 p. ; 20 cm.— (El árbol de la lectura. Serie juvenil ; 25)
ISBN: 978-84-673-5498-0
1. Historia 2. Culturas I. Delisio, Norberto
087.5 : 821.134.2-3

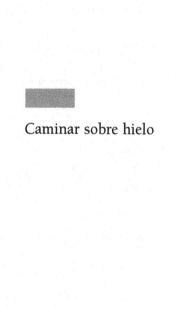

Caminar sobre hielo

OXFORD
UNIVERSITY PRESS

Oxford University Press es un departamento de la Universidad de Oxford.
Como parte integrante de esta institución, promueve el objetivo
de excelencia en la investigación y la educación a través
de sus publicaciones en todo el mundo.

Publicado en España por Oxford University Press España S. A.
Parque Empresarial San Fernando, Edificio Atenas
28830 San Fernando de Henares (Madrid)

© del texto: Manuel Valls y Norberto Delisio, 2004
© de esta edición: Oxford University Press España, S. A., 2010

Primera edición: julio 2010
Tercera edición: marzo 2014
Séptima reimpresión: octubre 2020

ISBN: 978-84-673-5498-0
Depósito legal: M-36461-2010
Impreso en España

Diseño: Gerardo Domínguez

Manuell Valls
Norberto Delisio

Caminar sobre hielo

 EL ÁRBOL
DE LA LECTURA

Este libro está dedicado a todos los niños que vivieron el horror de la guerra y, muy especialmente, a los que tuvieron que exiliarse de su país.

Asimismo, los autores agradecen a Josefina Piqué, Francisco Salamero Reymundo, Eduardo Pons Prades, José Español Fauquié, Josep Burguet y a los habitantes de Espés bajo, el testimonio de sus vivencias durante la guerra civil.

Y a Joan Vilarroya i Font, Jesús Quiroga Martínez, Paquita Ballarín, Montserrat Comajuncosas, Anabel Bonson, y a la Associació d'Amics del Ferrocarril de Barcelona, por su generosa colaboración y asesoría en algunos aspectos históricos relacionados con la elaboración de esta novela.

1

Se lo había oído decir a mi padre algunas veces: «Se acerca una turbonada». Pero en aquella época, yo aún no asociaba esa palabra a ninguna montaña. De hecho, mis padres casi nunca hablaban de sus orígenes ni de su familia, y por eso yo no sabía que existía una montaña llamada el Turbón ni que teníamos parientes en esa zona del Pirineo aragonés.

Sólo en una ocasión y muy de pasada, me pareció oír que papá tenía una hermana solterona que vivía en un pueblo prácticamente incomunicado. Claro que yo nunca me atreví a preguntárselo, ya que mi padre era un hombre bastante reservado y de muy pocas palabras.

En realidad, no supe nada de mi familia hasta que estalló la guerra civil y mi padre se marchó al frente. Entonces, un día, después de que empezaran los bombardeos en Barcelona, mi madre me contó algunas cosas sobre mis orígenes. Que papá había nacido en un pueblo de la provincia de Huesca y que de muy joven se vino a Cataluña para trabajar como zapatero. Que mis abuelos paternos murieron prematuramente a causa de una epidemia de meningitis y que mi padre tenía una hermana mayor que él, que se llamaba Josefina. El caso es que mi padre y su hermana estaban peleados desde hacía años, y que él jamás quiso volver al pueblo ni de visita.

Y en cuanto a mamá, ella misma me explicó que era huérfana y que se crió con las monjas, en un orfanato. Que papá y yo éramos su única familia y que no tenía a nadie más en el mundo.

Descubrir aquello no me impresionó demasiado, ya que no podía echar de menos a una familia que por lo demás nunca había tenido. Claro que esto fue antes de que llegara aquella carta y mi madre se pasara tres días y tres noches encerrada en su dormitorio, llorando desconsoladamente. Ella no me lo dijo de inmediato aunque yo lo supe desde el mismo momento en que terminó de leerla y los ojos se le llenaron de lágrimas. De hecho, ella aún tardó varias semanas en atreverse a darme la noticia de que mi padre había muerto en el frente. A partir de aquel momento, mamá no volvió a ser la misma. Se pasaba el día deambulando de aquí para allá por el piso como sonámbula y, de vez en cuando, la veía mirando la ropa de mi padre y acariciándola con la punta de los dedos. Realmente, verla de aquella manera me rompió el corazón tanto o más que la muerte de mi padre. Supongo que la sensación de impotencia que yo sentía en aquellos momentos era tan abrumadora que apenas si me dejaba pensar en él. Intenté ayudarla, darle ánimos, pero mamá cada día estaba peor y un día cayó enferma y ni pudo ir al trabajo.

Entonces, todo cambió de repente y a mis once años me convertí en un hombre hecho y derecho de un día a otro. Con mamá enferma y postrada en la cama, no tuve más remedio que madurar del modo en que lo hice.

La enfermedad de mi madre no pintaba nada bien, y suerte que la señorita Ana de vez en cuando venía para echarnos una mano y ayudar en lo que buenamente podía trayendo ropa usada de su familia y algunas medicinas para mi madre muy difíciles de encontrar en aquellos días en las farmacias. Yo sabía que la señorita Ana era hija de un poeta muy famoso y una mujer muy religiosa. De hecho, sé que fue la propia señorita Ana quien sacó a mamá del orfanato y le consguió un empleo en la fábrica mucho antes de que ella conociera a mi padre.

Durante aquellos días yo me hice cargo de todo y recuerdo que me levantaba a la una o a las dos de la madrugada para hacer cola en la panadería, que no abría hasta las seis. Aquellas colas eran especialmente insoportables, debido al frío que pasábamos a la intemperie. Por eso, yo siempre procuraba colarme y alguna que otra vez me había llevado un buen sopapo por quererme pasar de listo. Luego, el chusco que nos daban teníamos que racionarlo bien para que nos durara todo el día. En casa, mamá lo partía en dos pedazos, y ella siempre se guardaba el suyo en su habitación. De hecho, yo intentaba disimular el hambre y quería que ella se quedara un pedazo más grande, ya que a los chavales, en la escuela, a diario nos daban un cuarto de pan moreno y un vaso de leche en polvo. Pero mamá era más terca que una mula y siempre terminaba dándome su parte, pues la pobre no soportaba verme pasar hambre.

En aquellos días la escasez de comida ya era tan grande para todos, que hasta las palomas de la plaza Cataluña habían desaparecido hacía tiempo porque la gente las cazaba para comérselas; lo mismo pasó con los gatos callejeros, que también desaparecieron de golpe para ir a parar al estómago de los vecinos, que estaban desesperados con la dieta de garbanzos y gachas a la que estábamos sometidos.

A partir del invierno de 1937 desaparecieron definitivamente las patatas, el aceite, la carne, y con las cartillas de racionamiento apenas si podíamos comprar algo de arroz, legumbres y alfalfa para los animales, que naturalmente se comía la gente, pues aquéllos hacía tiempo que también habían sido devorados por sus dueños.

Pero las consecuencias de la guerra no sólo afectaron a la escasez de comida. El frío que padecimos aquel invierno fue aún, si cabe, mucho más duro y difícil de soportar. En mi casa, mi madre y yo tuvimos que arrancar todas las puertas de las habitaciones para hacer leña con la madera y, de ese modo, tener fuego para cocinar y calentarnos. Los chavales teníamos las manos y las orejas llenos de sabañones y recuerdo que mamá, cuando el frío era más intenso, ponía a veces unas piedras a calentar en el fuego para que luego yo me las metiera en los bolsillos del abrigo y así no helarme las manos en la calle.

Pero las noches eran especialmente duras e interminables. Entre las alarmas de los bombardeos, el frío y los piojos, que se encargaban de martirizarnos permamentemente, recuerdo haber pasado más de una noche en vela. A veces, me despertaba por culpa de las picaduras de las chinches y tenía que encender la luz de mi habitación para buscarlas pacientemente entre las sábanas de mi cama y exterminarlas una a una. Una noche, a finales de enero, ocurrió algo sorprendente. Recuerdo que me desperté sobresaltado por las alarmas y los disparos de las baterías de Montjuïc.

Como de costumbre, corrí hacia la habitación de mi madre, que desde que se había puesto enferma no me dejaba dormir en su cama. La pobre, que también se había despertado, rápidamente me echó una manta sobre los hombros y con lo puesto salimos corriendo hacia el refugio.

Desde que había comenzado el año, las alarmas sonaban prácticamente día y noche y todo el mundo estaba aterrorizado y con los nervios a flor de piel. La ciudad ofrecía un aspecto siniestro, y se decía que en algunos barrios había manzanas enteras que habían desaparecido bajo las bombas. En la calle, todas las ventanas, escaparates o puertas donde hubiera cristales estaban cruzadas por papel engomado para evitar que el estallido de las bombas se transformase en «metralla», ya que mucha gente había sufrido heridas graves por una andanada de cristales. Además, tan pronto anochecía se cerraba todo herméticamente para que ninguna luz pudiera ser vista por los aviones, y las calles permanecían a oscuras, al igual que las tiendas, bares y lugares públicos.

El refugio más cercano estaba en la iglesia de Sant Felip Neri, y no tardamos más de dos minutos en llegar. A mí aquel día me hubiera gustado quedarme en casa para ver los aviones desde la azotea, como hacían algunos amigos míos que no siempre iban al refugio cuando sonaban las alarmas. No todo el mundo pensaba como mi madre; había gente que no tenía mucha confianza en los refugios porque en algunos habían caído bombas y de poco habían servido.

Pero aquella noche del 25 de enero de 1938, cuando por fin cesó el bombardeo y pudimos salir del refugio, tuve la oportunidad de presenciar la cosa más maravillosa que jamás había visto. Una extraña luminosidad apareció por detrás del Tibidabo, y todo el mundo se quedó asombrado contemplando aquel prodigioso espectáculo que nadie sabía exactamente lo que era. La gente estaba tan sorprendida que pronto empezaron a hablar de milagros y de que aquello significaba el fin de la guerra. Claro que al día siguiente, los periódicos aclararon que aquel fenómeno, muy raro en estas latitudes, era una aurora boreal, y que había sido observado en casi toda Europa. De todos modos, aún quedó mucha gente que prefería creer en un fenómeno sobrenatural y aquello les ayudó a mantener la esperanza de que el cese de los bombardeos sería cuestión de poco tiempo.

Los días iban pasando, pero mamá no mejoraba. Yo le había oído decir al médico que debía guardar reposo y, sobre todo, que tenía que beber mucha leche porque había algo en sus pulmones que no funcionaba como era debido. Pero, naturalmente, conseguir leche en aquellos días era casi imposible si no tenías mucho dinero, ya que andaba escasísima y sólo se encontraba de estraperlo. Entonces, una vez más, la señorita Ana fue providencial ya que consiguió que los dueños de una lechería de Sarriá, que todavía tenían algunas vacas, nos vendieran un litro de leche dos veces por semana. Pero como Sarriá estaba muy lejos de casa y mamá todavía me tenía por un chiquillo, no quiso aceptar de ninguna de las maneras que yo fuera solo porque tenía miedo de que pudiera ocurrirme alguna desgracia durante los bombardeos. Así que finalmente no tuve más remedio que aguantarme y dejar que

Dolores, la hija de la señora Nuri, nuestra vecina del piso de arriba, me acompañara como si yo todavía fuera una criatura incapaz de valerse por sí misma.

Dolores estaba a punto de cumplir dieciséis años y era una presumida inaguantable, y yo no quería que por nada del mundo me vieran mis amigos en su compañía. Por eso, siempre procuraba salir cuando oscurecía y así no podían verme, porque a aquellas horas los chavales ya solían estar en sus casas.

Un día en que regresábamos más tarde de lo normal porque Dolores se había entretenido coqueteando con unos soldados, las sirenas de alarma empezaron a sonar cuando íbamos en el tren, y como sucedía siempre que había aviso de bombardeo, cortaron el suministro eléctrico y nos quedamos encerrados en medio de un túnel entre estación y estación. Inmediatamente, nos hicieron bajar del tren, y tuvimos que andar por los carriles hasta llegar a la estación de la plaza Molina. Una vez allí, y en lugar de quedarnos a cubierto hasta que cesara el bombardeo, salimos a la calle

Balmes y echamos a andar hacia nuestra casa. Era la primera vez en mi vida que podía ver un bombardeo y no quería perdérmelo. Cuando sonaban las sirenas, mamá siempre me obligaba a ir al refugio, por lo que yo era el único entre mis amigos que jamás había podido verlo con mis propios ojos. Además, las alarmas podían durar algunas horas y yo aquel día no quería que mi madre sufriera pensando que nos había sucedido algo. Y de hecho, no nos pasó nada de puro milagro. Desde donde estábamos, se podía ver perfectamente el cielo de la parte baja de la ciudad, convertido en un monstruoso castillo de fuegos artificiales debido a las explosiones de las bombas que, por unos instantes, iluminaban el cielo con densas nubes de color rosáceo, y se podían distinguir perfectamente las columnas de humo y polvo que emergían después de las explosiones. Además, pasados los primeros momentos del ataque aéreo comenzamos a ver los fogonazos de los proyectiles antiaéreos y las bengalas lanzadas desde las baterías de Montjuïc, que usaban para ajustar la puntería, y sobre todo las impresionantes luces blancas de los reflectores que desde distintos puntos de la ciudad exploraban el cielo buscando los aviones enemigos, que aparecían y desaparecían como estrellas fugaces.

Cuando, finalmente, a Dolores y a mí nos pareció que el bombardeo había cesado, reanudamos nuestro camino oyendo a lo lejos las sirenas de las ambulancias y de los bomberos que acudían a la zona afectada por las bombas.

A Dolores los pies le dolían muchísimo porque aquel día se había puesto unos zapatos de tacón alto y apenas si podía dar un paso sin sentir unas terribles punzadas en los pies. Naturalmente, en aquel tiempo yo todavía era incapaz de comprender cómo, en plena guerra, alguien en su sano juicio podía salir de casa calzando unos zapatos de aquel tipo. Pero aquello no dejaba de ser otro de los misterios que las mujeres tenían para mí y no le di mayor importancia. La verdad es que en aquellos momentos me preocupaba mucho más llegar a mi casa cuanto antes, que el dolor que sentía mi vecina por presumir de zapatos elegantes.

A trancas y barrancas, y a punto de perder los estribos por culpa de sus quejas, fuimos bajando por la calle Balmes. Íbamos por el medio de la calzada, procurando tener cuidado con los desprendimientos de las cornisas de los edificios, ya que había oído decir a mis amigos que la abuela de uno del colegio había muerto aplastada por un desprendimiento. Yo sabía que corrían muchos rumores falsos y que los chavales tendíamos a exagerar pero, por si acaso, tomaba mis precauciones. Claro que eso de ir por el medio de la calzada no era tarea fácil, porque entre la histérica de Dolores y los camiones de bomberos, las ambulancias y los coches requisados para auxiliar a los heridos, que más de una vez circulaban en dirección contraria, aquello era casi tan peligroso como el propio bombardeo.

Pero esos peligros curiosamente a mí no me daban miedo. Supongo que todos estábamos tan acostumbrados a esas situaciones, que incluso ver a los muertos entre los escombros no nos causaba la más mínima impresión. En cambio, una de las cosas que más me impresionaron fue a principios de la guerra, cuando algunos exaltados empezaron a quemar y saquear iglesias y conventos y a profanar las tumbas de las monjas, que exponían en las aceras de la calle. Recuerdo que un día yo había acompañado a la señora Nuri a comprar verduras de estraperlo a unos payeses que tenían el huerto en el barrio de Sant Martí. Al volver, pasamos por la Sagrada Familia y nos detuvimos a mirar cómo un grupo de personas sacaban a la calle montones de huesos, libros, estatuas de santos y hasta un clavecín medio chamuscado. Pero lo que más me impresionó fue la momia conservada en perfecto estado que expusieron en el exterior, porque tenía los cabellos muy largos y bien peinados.

Cuando por fin llegamos a mi casa, mi madre naturalmente estaba muy preocupada. Hacía pocos minutos que ella también había regresado del refugio y todavía estaba temblando. Su aspecto era sobrecogedor y en seguida advertí que estaba más pálida y que había empeorado. Desde que papá se fue al frente mamá había envejecido un montón de años en apenas unos meses, y aquella sonrisa que tanto la caracterizaba se había esfumado de su rostro para siempre. Mi madre tenía treinta y cuatro años y hasta hacía bien poco era una mujer bellísima y llena de vida, pero aquella alegría desbordante se había ido apagando lentamente y la tristeza la estaba consumiendo día a día. Mas esa noche, la primera vez que habíamos soportado un bombardeo nocturno sin estar juntos, noté que algo en ella había cambiado inexplicablemente en muy pocas horas.

Imagino lo que debió de sufrir pensando que yo estaba expuesto a los peligros del bombardeo mientras ella estaba a cubierto en el refugio. Por eso, me precipité a sus brazos y permanecimos un buen rato abrazados y en silencio. Realmente, las palabras sobraban en aquellos momentos y yo, sin saber exactamente por qué, intuí que no debía explicarle que no tenía que sufrir tanto por mí. Que yo sabía protegerme y que era capaz de valerme por mí mismo.

Aquella noche cenamos casi sin hablarnos y mamá no se acostó hasta muy tarde. Estuvo escuchando la radio hasta pasadas las once y me extrañó que tuviera sintonizada una emisora en la que hablaba Queipo de Llano. Luego, empezó a recorrer el piso, nerviosa. Yo oía sus pasos y hubiera querido consolarla, pero en realidad no sabía qué la angustiaba tanto y por qué se estaba torturando de aquella manera.

Unos días después, el maestro nos llevó a toda la clase a ver las baterías antiaéreas del castillo de Montjuïc. Dimos vueltas y más vueltas, rodeados por soldados de uniforme y milicianos vestidos de paisano, y si algo satisfacía nuestra curiosidad apenas si nos deteníamos, porque en seguida veíamos otra pieza de artillería o una tanqueta que todavía nos impresionaba más. Además, yo me moría de ganas de ver con mis propios ojos cómo eran realmente aquellos aparatos que había oído infinidad de veces desde el refugio y que sabía distinguir perfectamente. El sonido de las bombas era profundo, bajo, y producía un estrépito que hacía que todo temblara con el impacto. En cambio, el fuego de las baterías antiaéreas era más bien seco, repetitivo y desgarrado.

Para los chavales, poder contemplar en directo aquellos grandes artefactos que servían para hacer la guerra era toda una aventura, ya que desde que había comenzado la contienda no hacíamos otra cosa más que jugar a matar enemigos. Las palabras guerra, victoria, lucha, enemigo o bombardeo formaban parte del vocabulario de nuestros juegos y en el patio de la escuela, donde antes solíamos jugar a las tabas o a la peonza, ahora sólo se jugaba a simulacros bélicos y a tirar y matar. A veces desarmábamos proyectiles y bombas de mano que habían sido lanzados sin explotar y que encontrábamos en la calle. Para nosotros, en el fondo, todo aquello no era más que un juego y no éramos plenamente conscientes del daño que aquellos artefactos podían hacer. De hecho, un día, uno de esos artefactos que desmontábamos inocentemente sin prever que pudiera explotarnos en las manos, explotó, y un chaval murió al instante. Pero ni aun así dejamos de sentir esa fascinación por las armas, supongo que la atracción que ejercían sobre nosotros era mucho más poderosa que el peligro que entrañaban.

Aquel día, al volver a casa me extrañó ver a mi madre levantada. Me la encontré en la cocina acortando el dobladillo de un vestido de color rojo que hasta el momento nunca había visto.

—¿Qué haces? —le pregunté.

Mamá alzó la vista y me mostró el vestido.

—¿Te gusta?

—Sí, claro…, es muy bonito —repuse, todavía sin entender a qué venía todo aquello.

—Es de Dolores, se lo estoy arreglando para que esta noche pueda a ir a un baile…

Su voz todavía era frágil, pero se le notaba una cierta chispa de alegría en el modo de mirarme. Como si de golpe aquellos ojazos hubieran recuperado parte de aquel brillo que últimamente habían perdido.

La dejé cosiendo el vestido rojo y me fui a mi habitación para esconder un par de cigarrillos que un artillero me había dado a cambio de unos cromos de jugadores de fútbol que yo tenía repetidos. De repente noté que estaba contento; ver que mamá se encontraba mejor me había levantado la moral y sin darme cuenta empecé a silbar.

—O me das uno o se lo digo a tu madre —dijo una voz a mis espaldas. Y yo rápidamente me volví, sobresaltado.

Dolores, con una pícara sonrisa en los labios, me estaba mirando desde el pasillo.

—¿Qué te dé qué…? —repliqué, tratando de disimular.

—Un cigarrillo, ¿qué sino?

Entonces advertí que la muchacha estaba medio desnuda y que sólo llevaba puesta una combinación de color carne algo estropeada y unas gruesas medias de color negro. Inmediatamente, me ruboricé como un idiota y traté de balbucear una excusa para salir del paso.

—Yo no tengo cigarrillos…

—¿Ah, no? —exclamó ella, acercándose decidida—. ¿Y qué es eso que escondes bajo la almohada?

Rápidamente, traté de impedir que levantara la almohada, pero Dolores me hizo a un lado y antes de que yo pudiera reaccionar, agarró los cigarrillos y me los pasó por la cara.

—Todavía eres muy crío para fumar, ¿no crees?

—¡Y a ti qué te importa! —repliqué dolido y avergonzado, mientras trataba de arrebatárselos.

—Además —agregó ella—, son Lucky, ¿de dónde los has sacado?

—No es asunto tuyo, y para que lo sepas no voy a fumármelos. Son para cambiarlos por otras cosas.

—Entiendo... —añadió ella misteriosamente—. Pues si quieres, te los cambio yo misma...

Entonces Dolores avanzó hacia mí y me estampó un beso en los labios. Yo me quedé lívido. No sabía si limpiarme la boca para quitar la mancha de carmín o devolverle el beso como un auténtico galán de cine.

—Dolores, ven a probarte el vestido —gritó mamá desde la cocina. Y Dolores, rápidamente, se escondió los dos cigarrillos en la pechera y se dio la vuelta con toda tranquilidad, mientras yo me quedaba como un tonto, sin mis cigarrillos y viendo cómo se alejaba meneando el culo de forma provocativa.

Suerte que pronto tuve otra oportunidad para rehacerme de aquel fracaso ya que, pocos días después, Xavi y yo, al salir de la escuela, fuimos a merodear por los alrededores de la Boquería y pude conseguir otro valiosísimo botín.

La Rambla, como siempre, estaba repleta de gente y había un bullicio descomunal. Las terrazas de los cafés, a pesar del frío, estaban abarrotadas y por unos instantes podías tener la sensación de que no estábamos en guerra. Los tranvías circulaban con toda normalidad, pintados con los colores rojo y negro de la CNT, lo mismo que algunos coches, Ford o Hispano Suiza, que a pesar de estar requisados para hacer de ambulancia seguían provocando nuestra admiración, especialmente la de Xavi, que era un verdadero fanático de los automóviles.

Echamos a andar Rambla arriba desde el Pla de l'Os, sin apartar la vista de las floristas, que tenían merecida fama de guapas. A mí me costaba entender cómo aún podía quedar gente que despilfarrara el dinero comprando flores en aquellas circunstancias, pero estaba claro que la miseria no era igual para todos y todavía quedaban muchas personas que podían permitirse esos lujos y más. Si no, cómo se explicaba que los restaurantes tuvieran clientes a pesar de los precios abusivos, lo mismo que los salones de baile y los cabarets.

Al llegar a la plaza Cataluña, yo me quedé absorto contemplando la terraza de la Maison Dorée repleta de gente fina que tomaba sus aperitivos con la misma indolencia que lo hacían antes de que empezara la guerra. Naturalmente, aquello me producía una gran envidia, pero como mamá decía siempre, uno tiene que resignarse con su destino y no hacerse mala sangre con esas injusticias.

Entonces Xavi, harto de mirar a los ricos, propuso que bajáramos hasta el puerto para ver el *Uruguay*, un buque que la República había habilitado como prisión y en donde la gente decía que se celebraban juicios sumarísimos condenando a muerte a los enemigos.

De bajada, miramos los carteles de los cines que anunciaban *La casta Susana*, *La máscara de Fumanchú* y una película que tenía un título extrañísimo, *Sonámbula ingrata*. Desde el verano pasado, yo no había puesto los pies en un cine, incluso me había perdido la oportunidad de ir con la escuela, ya que el día que fueron todos los de mi clase estaba enfermo con fiebre y no pude ir.

Cuando llegamos a la estatua de Colón, pudimos ver los destrozos ocasionados por el bombardeo del día anterior que afectó especialmente a varios edificios del Portal de Santa Madrona y en los que murieron unas cuarenta personas. La zona portuaria del muelle de España también había sido bombardeada esa misma noche, y a esas horas todavía ofrecía un aspecto devastado. La entrada del puerto parecía un auténtico cementerio de buques de toda clase y tonelaje. Frente al muelle de Oriente unas enormes grúas trataban de reflotar un carguero del que prácticamente sólo asomaba del agua la chimenea y parte del puente de mando. Por todas partes quedaban contenedores y vehículos calcinados, y un grupo bastante numeroso de guardias de asalto aún trataban de salvar de entre los escombros parte del material en buen estado. El bombardeo de aquel día fue uno de los peores y yo mismo, aquella mañana, todavía había podido ver desde la azotea de mi casa la montaña de Montjuïc convertida en un auténtico volcán en erupción. Uno de los aviones había descargado sus bombas sobre los depósitos de petróleo del muelle, justo detrás del castillo, y una negra columna de humo se alzaba a centenares de metros de altura, indicando que el incendio aún no había sido apagado del todo.

Mientras contemplábamos aquel desastre, vimos a varios compañeros de clase correr despavoridos como si les estuviera persiguiendo el mismísimo diablo. Cruzaron las vías del tren y pasaron por delante de nosotros sin detenerse. Luis cargaba un abultado saco a la espalda y jadeaba como si aquello le pesara muchísimo. Ni Xavi ni yo podíamos saber qué se traían entre manos, pero saltaba a la vista que estaban huyendo de alguien y que en aquel saco debían de llevar algo de mucho valor. De lo contrario, ya lo hubieran tirado para correr con más facilidad.

No lo pensamos dos veces, Xavi y yo nos miramos con complicidad, y yo, sin necesidad de darle ninguna explicación a Luis, le arranqué el saco y apreté a correr por el paseo de Colón, hacia nuestro barrio. Ellos, comprendiendo la jugada, inmediatamente giraron hacia el Paralelo y siguieron corriendo en dirección contraria para despistar a sus perseguidores. Entre nosotros era muy normal que nos echáramos una mano en casos como aquel. No era ni la primera ni la última vez que los chavales hacíamos incursiones en el puerto para ver qué podíamos pillar. Claro que, aquel día, tanto Luis como Jesús y su primo Ángel no habían dicho ni mu a nadie, y ellos solitos habían organizado una batida por cuenta propia.

Una hora después, los cinco nos encontramos para repartirnos el botín en la casa abandonada de la plaza Sant Just i Pastor. La casa, en realidad un palacete, había sido abandonada por sus propietarios nada más empezar la guerra. La habían cerrado a cal y canto, pero nosotros pronto hallamos la manera de entrar y salir sin que nadie se diera cuenta. Desde entonces, la utilizábamos para jugar o para escondernos y se había convertido en nuestro cuartel general secreto. Por lo que sabíamos, sus dueños eran una familia muy religiosa que había huido a Roma para evitar problemas con los anticlericales. Realmente, la casa era muy lujosa y dentro había muchos objetos de valor, imágenes de santos, pinturas y hasta un piano que hacía nuestras delicias a pesar de que ninguno de nosotros sabía tocarlo y nos limitábamos a aporrearlo de mala manera, mientras cantábamos algunos himnos patrióticos que habíamos aprendido en la escuela. De hecho, jamás supimos por qué esa casa no fue requisada por los comités de defensa civil para acoger la llegada masiva de refugiados, especialmente madres e hijos de otras regiones, que huían de las tropas nacionales.

Tan pronto llegamos Xavi y yo a la casa, nos faltó tiempo para comprobar que dentro del saco había unas veinte latas de carne en conserva. ¡Un auténtico tesoro! En el mercado negro, aquello valía un ojo de la cara, ya que aquel tipo de alimento estaba destinado exclusivamente a las tropas que se hallaban en el frente y prácticamente no se encontraba ni de estraperlo.

Luis, Jesús y Ángel llegaron unos minutos después resoplando y visiblemente exhaustos. Ángel era completamente bizco y nunca sabías si te estaba mirando o no. Con él había que ir con pies de plomo, ya que era un mala pieza y a la mínima te pegaba una sarta de sopapos que te dejaban baldado. Además, tenía la fea costumbre de no sonarse jamás los mocos y éstos le chorreaban de la nariz formando unas candelas que le llegaban hasta el labio superior. Con el frío los mocos se le congelaban y parecía que llevara bigote, dándole un aspecto todavía más fiero y peligroso.

Suerte que su primo Jesús sabía cómo mantenerle a raya y esto a veces evitaba algunos problemas. Sin ir más lejos, aquella misma tarde, si no llega a intervenir Jesús, Ángel no hubiera aceptado de ninguna de las maneras que nosotros dos entráramos en el reparto. El muy tozudo, mantenía que no teníamos el más mínimo derecho a compartir el botín, puesto que nosotros no habíamos intervenido en el robo.

Finalmente, llegamos a un acuerdo y Xavi y yo pudimos llevarnos tres latas cada uno. El reparto, naturalmente, no fue muy equitativo, pero tampoco hubiéramos conseguido más de otro modo. Ángel no estaba dispuesto a ceder y nadie en el mundo podía hacerle bajar del burro. Además, con tres latas yo ya tendría bastantes problemas con mi madre si no era capaz de inventar algo convincente para explicarle de dónde las había sacado. Lo cual era prácticamente imposible ya que mi madre, aunque se estuviera muriendo de hambre, jamás consentiría en comer nada que fuera robado.

Por eso descarté ocultarlas en mi casa; corría el peligro de que mamá las descubriera, o, lo que todavía era peor, que las encontraran los militares que de vez en cuando registraban casa por casa buscando desertores. Así que no tuve más remedio que pedirle a Marcelino, el zapatero, que me las guardara. Marcelino era un buen hombre y sabía de sobra que podía fiarme de él. De hecho, era mi padrino y aunque eso no significara demasiado, papá siempre trabajó para él y Marcelino, más que su jefe, parecía que fuera su propio padre. Era un tipo peculiar, al que todo el mundo llamaba el Chepas por ser jorobado. Más bien bajito y rechoncho, tenía unas manos muy pequeñas y finas, casi de mujer. A mí de crío me gustaba ir a la zapatería y verlos sentados detrás del mostrador, picando clavos en las suelas de los zapatos. Marcelino se ponía un puñado de puntas en la boca, y luego, sin

soltar el martillo, las cogía una a una a una velocidad asombrosa y las clavaba siempre a la primera.
En la zapatería, un local pequeño y oscuro que olía
permanentemente a cuero y a cola, siempre había
tertulianos que se sentaban a pasar la tarde hablando de cualquier cosa, mientras Marcelino y papá
seguían trabajando sin despistarse ni pillarse los
dedos con el martillo.

Desde que empezó a escasear todo, Marcelino,
en la trastienda, siempre tenía algunos productos
para vender a la gente de confianza del vecindario.
Más que comida, Marcelino tenía jabón, hojas de
afeitar y algunas cosillas de contrabando que algunos marineros le suministraban de vez en cuando.
No creo que hiciera estraperlo para ganar dinero.
En el fondo, creo que el Chepas lo hacía más por
prestar un servicio a los vecinos que por lucro personal. Además, era su peculiar manera de ganarse
el favor de alguna viuda y de que algún domingo
lo invitaran a comer. Mamá le apreciaba mucho y
decía que era un gran bailarín. Que nadie del
barrio bailaba el tango como él. Claro que a mí me
costaba imaginarle bailando, con aquella chepa

que le hacía parecerse tanto al jorobado de Notre-Dame de París.

Marcelino, desde que papá se fue al frente, siempre procuró echarnos una mano y de vez en cuando venía a visitarnos. A mí solía traerme unos soldaditos de cartón que vendían en los quioscos y yo me pasaba horas y horas jugando con ellos. Dicen que al principio de la guerra ayudó a algunos curas a escapar de Barcelona y que eso le había causado más de un problema con los de la FAI. Pero era tan buen hombre que nadie tomó represalias contra él ya que todo el mundo le respetaba mucho.

—¡Os habéis vuelto locos! —exclamó el pobre, al terminar de contarle de dónde había sacado las latas de carne—. Por una cosa así podrían fusilaros.

Naturalmente, yo sabía que exageraba y que sólo lo decía para asustarme. Nadie fusilaría a un niño por robar comida, aunque esta fuera para los soldados.

Aun así, el Chepas me guardó dos latas y la tercera me la llevé a casa para cenar aquella misma noche. A mamá le dije que la lata de carne me la había regalado el pobre zapatero y ella no sospechó nada. Nos la comimos entera y a mí me supo a gloria bendita. Hacía más de un año que no probaba carne y apenas si recordaba el sabor que tenía.

Aquella noche, tuve una pesadilla horrible. Unos guardias de asalto registraban la zapatería del Chepas y encontraban las dos latas de carne. El pobre hombre, interrogado por los guardias, se asustaba y, tras venirse abajo, acababa delatándome. Luego, mientras se lo llevaban preso, dos guardias venían a mi casa y aporreaban la puerta con la culata de los fusiles.

Entonces me desperté muy asustado y gritando de miedo. Mamá, al oír mis gritos, se levantó de la cama y vino corriendo a mi habitación justo en el momento en que yo vomitaba al suelo toda la cena.

No pude más. Y mientras mi madre me abrazaba para consolarme, me desmoroné por completo. Las palabras de Marcelino habían calado hondo en mí y no pude mantener aquel engaño ni un minuto más. Mi madre, tras escuchar mi confesión, me obligó a devolver las dos latas restantes a mis compinches. Y no hizo más comentarios. Pero esas pocas palabras le bastaron para hacerme comprender que ninguna situación, por angustiante que fuera, justificaba que olvidáramos nuestros principios para denigrarnos como personas.

Cinco o seis días después se repitieron los bombardeos y las alarmas sonaron continuamente desde primeras horas de la mañana hasta el mediodía.

Aquel día, yo estaba solo en casa porque mi madre había salido muy temprano para ir a visitarse al hospital Clínico. La señora Nuri la acompañó como otras veces, ya que nuestra vecina tenía la extraña costumbre de ir a ver las listas de muertos que colgaban en el vestíbulo del hospital.

Cuando empezaron a sonar las alarmas, yo todavía estaba en la cama. Me levanté todo lo rápido que pude, pero en lugar de irme al refugio salí corriendo hacia la azotea para ver llegar los aviones. Había oído decir que venían desde Mallorca donde los nacionales, después de tomar la isla, habían establecido su base. De pronto, sobre el mar, divisé seis puntos brillantes en el cielo, pero todavía estaban demasiado lejos para verlos nítidamente. Entonces, me puse a mirar hacia la calle y vi cómo la gente corría despavorida hacia el refugio.

No tardaron en oírse algunas explosiones lejanas que parecían provenir del puerto. Emocionado y conteniendo el aliento, me acurruqué junto al depósito del agua y esperé a que los aviones se acercaran todavía más. Entonces oí un gran estruendo y levanté la cabeza justo en el momento en que los seis aparatos pasaban rápidamente a gran altura. A continuación escuché el silbido de las bombas y de repente una tremenda explosión justo abajo, en mi calle, a pocos metros de mi casa. Todo fue tan rápido que ni tuve tiempo de reaccionar. Un sinfín de ladrillos, piedras, cascotes, tubos de plomo, muebles y todo tipo de objetos fueron despedidos por los aires y la finca del número 15 de la calle Regomir quedó reducida, en segundos, a un montón de escombros.

Bajé tan pronto como pude. Por todos lados se elevaban columnas de humo y polvo, y algunos vecinos corrían de un sitio a otro gritando y llamando a sus familiares. Otros, sin embargo, permanecían quietos en medio de la calle, inmóviles, como aturdidos. Entonces vi a la madre de Xavi, completamente ida y removiendo los escombros con las manos. Me acerqué a ella y, entre sollozos, la pobre mujer me explicó que su hijo había quedado sepultado. Rápidamente, me apresuré a ayudarla y empecé a remover piedras y cascotes. Xavi no tardó en aparecer entre aquella maraña de escombros asombrosamente ileso. Luego alguien, detrás de nosotros, empezó a gritar que había un hombre que se había quedado atrapado bajo una viga.

Xavi y yo nos acercamos inmediatamente y empezamos a apartar piedras, hasta que descubrimos una grieta ancha al fondo de la cual aparecía la cabeza de un anciano gravemente herido. Gritamos pidiendo ayuda y en seguida se acercaron un par de vecinos y, entre todos, finalmente logramos sacarlo y llevarlo hasta una ambulancia que acababa de llegar en aquellos momentos. Los bomberos, que también habían hecho acto de presencia, empezaron a socorrer a los heridos, que gemían pidiendo ayuda, y sacaban a los muertos de entre las ruinas para cargarlos en un camión y llevarlos al depósito del Clínico.

Las bombas seguían cayendo sobre la Barceloneta. Pero todos sabíamos que podían volver de un momento a otro. De repente, Xavi vio un Savoia 79 que con el motor apagado venía directo hacia nosotros. Pensamos en correr hacia el refugio, pero con la intensa metralla que empezó a escupir no nos hubiera dado tiempo ni de dar dos pasos. Rápidamente, nos metimos detrás de unos escombros, justo en el momento en que el aparato se dejó caer hasta pasar rasante sobre los tejados. Creo que hasta nos pareció que el piloto nos había visto, pero entonces, incomprensiblemente, dejó de ametrallar, encendió el motor y reemprendió el ascenso. Cuando ya nos había parecido que el peligro había pasado, el avión dejó caer la última bomba y una fuerte explosión hizo temblar todo el barrio.

Luego, nos enteramos de que esa última bomba había ido a parar directamente sobre el refugio de Sant Felip Neri y que había provocado la muerte instantánea de todos los que estaban en el subterráneo de la sacristía. Muchos de los veintitantos niños que murieron en la explosión eran amigos míos. Y lo más paradójico es que si yo, aquel día, llego a hacer caso de los consejos de mi madre, también hubiera muerto como el resto de mis amigos.

2

A principios de marzo, la situación en Barcelona se hizo más llevadera porque la crudeza del invierno había empezado a ceder y la gente, a pesar de los bombardeos cada vez más frecuentes, invadía las calles para disfrutar del buen tiempo. De golpe, el aspecto de la multitud era diferente. El uniforme de los milicianos y los monos azules casi habían desaparecido y parecía que todo el mundo llevara elegantes vestidos más veraniegos. Los oficiales del Ejército Popular se paseaban por el Paralelo y la Rambla, y en todas partes se respiraba un clima mucho más relajado. Barcelona, lejos de las penurias del invierno, volvía a parecer una ciudad normal, quizás un poco más encogida por la gran cantidad de refugiados que albergaba en aquellos días y por descontado bastante más maltrecha a causa de los bombardeos. Aun así, la gente seguía pasando hambre y cada semana la lista de muertos seguía creciendo, ya que los efectos de los obuses y las bombas no perdonaban a nadie.

Uno de esos días, mi madre y yo tuvimos que ir a casa de la señorita Ana porque la pobre mujer quería vernos y ella, en aquellas semanas, no podía salir porque no se encontraba demasiado bien. La familia de la señorita Ana vivía en la calle Bélgica, al lado mismo de la plaza Molina. Yo había estado en otras ocasiones y recordaba perfectamente aquellas grandes estancias llenas de luz, con muy pocos muebles y, sobre todo, aquel hermoso jardín, siempre con niños jugando en los columpios bajo la atenta mirada de las chicas del servicio. Por eso, aquel día me extrañó que nada hubiera cambiado, incluso las criadas, con su aspecto pulcro e impecable, daban la sensación de que la guerra no afectaba a los que vivían en aquella casa. La señorita Ana y su hermana, la señorita Clara, eran las únicas solteras de la familia. Sus hermanos estaban felizmente casados y tenían dos o tres hijos cada uno. Todos vivían bajo el mismo techo, y Ana y Clara ejercían a la perfección su papel de *tietas* solteronas, ocupándose de la casa y sobre todo de la educación de sus sobrinos. Claro que eso tampoco les impedía mantener su labor humanitaria, ayudando en los orfanatos y visitando a los enfermos del vecindario.

Yo siempre me pregunté cómo aquellas dos mujeres de aspecto frágil y enfermizo tenían fuerzas para hacer frente a tantas cosas al mismo tiempo, sin perder los estribos ni aquella bondad y dulzura que tanto las caracterizaba.

La encontramos en la cama, con unas décimas de fiebre. Parecía más delgada de lo normal, y sus ojos tenían una expresión de cansancio muy acentuada. Mamá, al poco rato, me mandó a jugar al jardín con los demás niños, y ella y la señorita Clara se quedaron hablando a solas más de una hora. Luego, mamá salió a buscarme para oír misa y ambos entramos en la capilla que había en la casa.

Un cura sin sotana ofició la ceremonia para seis o siete personas, y mamá y yo comulgamos como todos los demás. Recuerdo que el cura me dijo en voz baja que, si quería, podía masticar la hostia consagrada. Yo no lo hice porque el párroco de Sant Just i Pastor decía siempre que masticar la hostia era un pecado gravísimo y que los que lo hacían, irían a parar al infierno. Luego, mamá me contó que la hostia era un buen alimento y que durante la guerra algunos curas permitían a los feligreses que la masticaran para poder digerirla mejor.

De todos modos, yo no me quedé muy convencido con aquella explicación ya que aquel cura no iba vestido como los curas de verdad y aquello me daba muy mala espina. Mamá, más tarde, me explicó que aquel sacerdote vivía oculto en casa de la señorita Ana desde que había comenzado la guerra y que aquella misa a la que habíamos asistido era una misa clandestina y que por nada del mundo se lo contara a nadie.

Mi madre, desde mediados de febrero, había vuelto a su trabajo. Cada día, a las cinco y media en punto de la mañana, salía de casa para coger el tranvía hasta la plaza Lesseps. La fábrica donde trabajaba estaba muy cerca del puente de Vallcarca y había sido colectivizada por el sindicato al principio de la guerra. El ramo del textil era muy importante ya que trabajaban las veinticuatro horas del día, en tres turnos, para abastecer de ropa al ejército. Mamá llevaba un telar y siempre volvía a casa muy cansada porque su trabajo era especialmente agotador, y más teniendo en cuenta que el polvillo que desprendía el algodón era muy perjudicial para sus pulmones.

Uno de los encargados de la fábrica ocupaba un cargo importante en la CNT y, de vez en cuando, nos regalaba a mi madre y a mí bonos para que fuéramos a los comedores populares, que en aquel tiempo todo el mundo llamaba cantinas. Algunos de los hoteles más lujosos de la ciudad habían sido colectivizados y hacían las funciones de comedores populares. Mamá ardía en deseos de ver cómo eran por dentro estos lujosos establecimentos, y un domingo especialmente soleado fuimos a comer al hotel más prestigioso de toda la ciudad. El Ritz, situado en plena Gran Vía, lucía en su fachada una enorme pancarta en la que podía leerse:

HOTEL GASTRONÓMICO N.º 1

El comedor ocupaba un amplísimo salón con grandes ventanales que daban a la calle. Habría unas cuarenta o cincuenta mesas redondas, y en cada una de ellas cabían unos cinco o seis comensales. En las mesas no había manteles pero los cubiertos eran elegantísimos, igual que las sillas de rejilla.

Mamá, asombrada, no paraba de mirar los grandes espejos que cubrían las paredes, y de vez en cuando levantaba la vista para contemplar las enormes arañas de cristal que colgaban del techo. Lo cierto es que a mí nada de aquello me impresionaba especialmente; es más, creo que me llevé una gran decepción ya que la comida era tan escasa como en todas partes. Un plato de lentejas y un pedazo de pan negro fue el banquete que nos sirvió un amable camarero vestido con camisa blanca y que a mí me preguntó varias veces si quería repetir.

Un matrimonio de ancianos, que compartían mesa con nosotros, no pararon de hablar por los codos durante toda la comida. Estaban encantados de la vida ya que ni mamá ni yo probamos ni gota de la botella de vino que había en la mesa, y ellos solitos pudieron dar buena cuenta de ella. Nos contaron que aquel día, precisamente, celebraban sus bodas de plata, y que era la primera vez en su vida que venían a Barcelona. Que llevaban cuatro días en la ciudad, y que aquella tarde pretendían ir al Liceo para ver una zarzuela. Eran de un pueblo próximo a Lérida, y habían venido como refugiados ya que les daba miedo permanecer tan cerca del frente.

Al final de la comida nos contaron que sus dos hijos se habían alistado como voluntarios y que mientras uno luchaba con los nacionales, el otro lo hacía con el bando republicano. Los pobres aún no comprendían cómo dos hermanos, que siempre habían estado muy unidos y lo habían compartido todo en la vida, ahora, por culpa de la guerra, pudieran estar tan enfrentados y luchar en bandos contrarios.

Mamá, al oír hablar del frente, empezó a ponerse triste y yo, viendo que aquello la afectaba muchísimo, le dije que quería irme y no paré de incordiar hasta que se despidió de la pareja y volvimos a casa andando.

Realmente, mi madre había mejorado bastante de la enfermedad, pero aún seguía sin ser ella misma. La alegría había desaparecido definitivamente de su rostro y, últimamente, estaba muy angustiada ante la posibilidad de que a mí pudiera sucederme algo malo. Desde que aquellos chicos de mi escuela murieron en el bombardeo de Sant Felip Neri, mamá estaba controlando constantemente mis movimientos y cada día, antes de irse al trabajo, me despertaba para darme una sarta de consejos que yo ya me sabía de memoria. Creo que el corazón se le rompía al tener que dejarme solo durante las horas en que estaba ausente, e imagino que hubiera dado cualquier cosa por no tener que hacerlo. Pero mamá no tenía más remedio que trabajar para que pudiéramos comer y para pagar el alquiler del piso. El dinero no llovía del cielo y en aquellas circunstancias no se podía esperar ningún tipo de milagro, y mucho menos confiar en la generosidad de la gente, ya que todo el mundo tenía los mismos problemas que nosotros.

Yo intentaba ayudarla en todo lo que podía. Incluso dejé de explicarle ciertas cosas para que no sufriera más de lo que ya sufría. Sin ir más lejos, no le conté que, una mañana, Xavi y yo fuimos a la Ciudadela porque habíamos oído decir que en el parque de las fieras habían tenido que matar a muchos animales puesto que no podían darles de comer. Xavi incluso había visto en el periódico una fotografía en la que se veía a varios leones muertos y a sus cuidadores llorando.

Tampoco le conté que, desde finales de invierno, los días que no teníamos colegio por peligro de bombardeo o por falta de combustible para calentarnos, Xavi y yo nos íbamos a vender unos juguetes que nosotros mismos hacíamos en casa. Los aviones de cartón y papel nos quedaban especialmente bien, lo mismo que los soldaditos, que trataban de imitar los de plomo. Claro que con la guerra lo que menos necesitaba la gente era comprar avioncitos de papel, y por eso nos íbamos a la Rambla y nos poníamos junto a las vendedoras de tabaco, ya que por allí pasaban muchos clientes y era más fácil que alguno picara.

Como Xavi era el más lanzado de los dos, se encargaba de vocear los productos y perseguía a los viandantes más indiferentes, tratando de convencerlos para que nos compraran algo, aunque fuera por lástima.

—¿Qué desea, camarada? ¿Un soldadito, un avión, un tanque…?

La venta de juguetes no daba demasiado de sí, por lo que también nos ganábamos unas monedas liando cigarrillos para las vendedoras de tabaco, que tenían sus puestos junto al nuestro. En realidad, el tabaco brillaba por su ausencia y lo sustituíamos con unas mezclas de hierbas rarísimas que sólo servían para que los fumadores tuvieran la ilusión de echar humo por la boca. Usábamos hojas de lechuga secas, cáscara de cacao, tomillo y también hojas de roble. Incluso unas extrañas mezcolanzas a base de anís, malvavisco y manzanilla, que apestaban.

A mediados de mes, un día Xavi y yo intentamos vender cigarrillos en los cafés que había en la calle de Les Corts Catalanes, entre la Rambla de Cataluña y el paseo de Gracia. Alrededor de las dos de la tarde, cuando ya nos disponíamos a volver a casa con los bolsillos vacíos, las sirenas empezaron a sonar alertando de un bombardeo. Inmediatamente, decidimos tomar el metro y empezamos a bajar las escaleras sorteando los empujones de la gente que, despavorida, intentaba llegar hasta los andenes. Una atmósfera asfixiante salía del interior de la estación y las escaleras empezaban a llenarse de gente, que se sentaba a esperar pacientemente a que cesaran las alarmas. El hedor que se respiraba allí dentro era tan insoportable, que Xavi y yo preferimos salir corriendo. Echamos a andar hacia la plaza Cataluña, justo en el momento en que empezaron a caer las primeras bombas. Rápidamente, nos metimos en un portal y nos quedamos a cubierto unos veinte o treinta minutos. Durante ese tiempo, pudimos escuchar multitud de explosiones, especialmente una muy grande, que impactó muy cerca de nosotros. Cuando nos pareció que ya podíamos reanudar nuestro camino porque el peligro había pasado, salimos a la calle y vimos que varios edificios de Les Corts Catalanes esquina Balmes estaban medio hundidos. Un tranvía también había sido afectado por las bombas y todavía ardía delante mismo del cine Coliseum. Luego, nos enteramos de que allí mismo otra bomba había hecho impacto sobre un camión cargado de trilita y que en la explosión habían muerto los veintitrés soldados que viajaban en él, más algunas personas que en aquellos momentos pasaban por allí.

La ronda Universidad también estaba completamente desolada, y no había ni una sola casa que no mostrase señales del bombardeo. Xavi y yo dimos un pequeño rodeo para evitar que nos cayera encima algún pedrusco de los edificios más afectados. Al pasar junto a la estación de servicio de la calle Pelayo, nos entretuvimos unos instantes mirando cómo una ambulancia de la Cruz Roja cargaba el depósito de gasolina.

—¡Eh, muchachos! ¡Poneos a cubierto! ¡Los aviones pueden volver en cualquier momento! —nos gritó el chófer de la ambulancia al oír, de pronto, que empezaban a caer más bombas muy cerca de allí. Pero Xavi y yo no tuvimos tiempo de reaccionar. Nos miramos asustados y antes incluso de poder lanzarnos al suelo, oímos unas explosiones terroríficas, tan fuertes como nunca las volví a oír en mi vida. Entonces, por la boca de la gasolinera que daba a la ronda Universidad, entró una inmensa bocanada de aire caliente mezclado con un polvo denso y oscuro. Impulsados por la deflagración, caímos al suelo violentamente, y nos sentimos arrastrados hacia el exterior, dando tumbos y yendo a parar a la acera opuesta de la calle Pelayo.

Estuvimos largo rato allí tendidos, y cuando logré recobrar el conocimiento, sabía que no estaba herido pero, aun así, fui incapaz de mover ni un solo dedo. Entonces vi que Xavi todavía no había vuelto en sí. Alargué el brazo y lo zarandeé hasta que abrió los ojos y me dedicó una sonrisa.

—¿Estamos vivos?

—Creo que sí...

Al cabo de un rato, después de ver desfilar las ambulancias y coches que llevaban a los heridos más graves al hospital, nos recogieron unos camilleros y fuimos a parar al Hospital Militar de la calle de Tallers, que estaba a unos cinco minutos de allí. Estuvimos un largo rato en un cuartucho, debajo de la escalera principal. Se conoce que había heridos graves a los que atender. Yo me encontraba tan vapuleado que me dormí, hasta que, al cabo de dos o tres horas, vinieron a visitarnos. Ni Xavi ni yo teníamos nada grave. Sólo algunas contusiones leves y un par de arañazos superficiales. Luego, tras desinfectarnos las heridas, nos dejaron en un pasillo, ya que a todas horas llegaban heridos de la ofensiva de Aragón y el hospital no daba abasto.

A eso de las siete, vino mi madre a recogernos. No sé cómo la avisaron o cómo se enteró de que estábamos allí. Luego supe que la pobre mujer me había estado buscando por todos los hospitales y casas de socorro de toda la ciudad.

Al llegar a casa, mamá se puso a llorar desconsoladamente y me extrañó que no me preguntara qué estábamos haciendo Xavi y yo en la gasolinera de la plaza Universidad.

De todos modos, tampoco tuvimos mucha oportunidad de hablar a solas, ya que cuando nos disponíamos a cenar, tuvimos que salir corriendo de casa para ir al refugio, pues los bombardeos volvieron a empezar con mayor fuerza. Desde las diez de la noche del día anterior se habían repetido sin cesar y las alarmas prácticamente estuvieron sonando todo el día.

La señora Nuri aquel día contó nueve bombardeos, y cuando por fin salimos del refugio a eso de las seis y media de la mañana, no tuvimos tiempo ni de regresar a casa. A las siete en punto del día 18, las alarmas volvieron a sonar y los bombardeos duraron hasta pasadas las tres de la tarde.

El parte oficial informó de que Barcelona había sufrido esos días los más duros bombardeos de la aviación extranjera. Más de un millar de víctimas y cuarenta y ocho edificios totalmente derrumbados. Los aviadores lanzaron sus bombas en los puntos más céntricos de la ciudad y sembraron la muerte indiscriminadamente a su paso.

El sábado 19, festividad de San José, la ciudad ofrecía un aspecto desolador. El infierno, si es que realmente existe, por fuerza tenía que ser muy semejante a como había quedado todo después de los bombardeos. Aquel día mamá estuvo muy callada, imagino que se acordaba de papá al ser su santo y, por lo menos, la vi llorar en dos o tres ocasiones. Por la tarde, salió un par de horas y me prohibió terminantemente que me moviera de casa, a no ser que hubiera alarmas y tuviera que ir al refugio.

Esa misma noche, oí que abría y cerraba los armarios varias veces y me pareció que buscaba algo que no encontraba. Yo me dormí temprano porque todavía estaba medio baldado y me dolía todo el cuerpo. Recuerdo que aquella noche tuve pesadillas y que me desperté varias veces sobresaltado.

Durante la semana siguiente apenas salí de casa. Mamá cada mañana iba al trabajo y, al regresar, se quedaba conmigo. Yo estaba que me subía por las paredes. No podía soportar pasarme el día encerrado en casa, prácticamente sin ver a nadie y, sobre todo, sin poder jugar con mis amigos.

A finales de semana, de golpe y porrazo mamá me anunció que abandonábamos nuestra casa y que nos íbamos a vivir a Francia. Recuerdo que me quedé de una pieza y no supe qué decir. En realidad, a mis once años, jamás había salido de Barcelona y nunca había imaginado ni remotamente que un día tendría que vivir en otro sitio.

Además, Francia estaba muy lejos y nosotros, que yo supiera, no conocíamos a nadie que viviera allí.

Entonces, mamá me explicó que la señorita Ana había huido con su familia a Francia y que la última vez que la visitamos fue para despedirnos de ella. La buena mujer parece que insistió para que nosotros también nos marcháramos con ellos, pero mamá rechazó la oferta, pues la asustaba dejarlo todo para empezar de cero en el extranjero. Además, mamá pensaba que bastante había hecho la señorita Ana por nosotros, como para que encima nos convirtiéramos en una carga para su familia.

—¿Y por qué has cambiado de opinión? —le pregunté.

—No preguntes tanto y empieza a recoger tus cosas...

Recuerdo que el mundo se me cayó encima. No podía imaginar cómo iba a ser mi vida a partir de entonces. La verdad es que no estaba asustado. Aquella sensación que se apoderó de mí en aquellos instantes no era de miedo pero tampoco sabría definirla exactamente.

Hicimos el equipaje aquel mismo día. A fin de cuentas, tampoco teníamos demasiadas cosas que llevarnos. Mamá metió casi toda nuestra ropa en un saco vacío de patatas que le dieron en el economato, y el resto de cosas iban en unos fardos que hizo a base de pañuelos y de alguna que otra sábana. Enrolló dos mantas y, tras echar un último vistazo a la casa, salimos cargados como mulos en dirección a la Estación del Norte.

Luego me enteré de que la señorita Ana, antes de irse, le había dado algo de dinero y la dirección de Toulouse por si finalmente cambiaba de opinión. Pero de camino a la estación, también me llevé otra sorpresa al enterarme de que mamá y yo no íbamos a coger un tren hasta Francia, que primero íbamos a Huesca, para conocer a la hermana de papá y darle la noticia de su muerte, y que, desde allí, pasaríamos al país vecino.

Naturalmente, aquello me cogió por sorpresa, ya que a pesar de ser un crío yo sabía perfectamente que en Aragón se estaban librando las batallas más cruentas. En la radio no se hablaba de otra cosa y todo el mundo sabía que el destino del país dependía en buena medida del resultado de esos enfrentamientos.

A medida que nos aproximábamos a la estación, yo miraba a mi alrededor como tratando de grabar en mi memoria hasta el más mínimo detalle, por insignificante que fuera. Como si tuviera miedo de olvidar cómo era todo aquello. Al fin y al cabo, en esos momentos yo no sabía cuándo iba a volver a pisar Barcelona ni si realmente lo volvería a hacer algún día.

Recuerdo que me daba vergüenza que la gente me viera cargado con aquellos bártulos que delataban absolutamente nuestra huida. Aún no llevaba ni un cuarto de hora en la calle y ya empezaba a sentirme como uno de esos pobres refugiados que deambulaban por la ciudad, recién llegados y sin saber adónde ir.

Cuando finalmente llegamos a la explanada de la Estación del Norte, yo apenas si podía con mi alma. Ante nosotros se alzaba un majestuoso edificio de piedra, coronado por una enorme marquesina de hierro en forma de herradura. En la fachada, y en un lugar bien visible y destacado, había un inmenso reloj que mamá me contó que siempre daba la hora con una puntualidad exacta. Yo había pasado algunas veces por delante de la estación, pero hasta aquel día nunca había estado dentro.

Después de atravesar aquel enjambre de coches, camiones militares, ambulancias y carros, que permanecían aparcados caóticamente frente a la gran puerta de entrada, pisé por primera vez aquel descomunal vestíbulo, y por poco se me corta la respiración. Aquello no tenía nada que ver con las estaciones del tren de Sarriá, ni con las del metro. Aquel vestíbulo tenía más de veinte o treinta metros de altura y era tan grande y espacioso como varios campos de fútbol juntos.

Yo lo miraba todo asombrado. Tan asombrado, que al principio casi ni me percaté de la muchedumbre que lo llenaba. Por todas partes había montones de personas que iban de un lado a otro carreteando todo tipo de bártulos, o yendo de taquilla en taquilla en busca de información.

Sentados de cualquier manera en el suelo, también había muchas mujeres y niños que, sin apartar la vista de sus pertenencias, intentaban descansar un rato. Unos echaban un sueño y otros se entretenían mirando a cualquier parte, con la vista medio extraviada y el semblante desencajado por el cansancio y la incomodidad.

Mi madre, muy decidida, trató de abrirse paso en medio de aquel caos y, cuando por fin pudimos llegar hasta la ventanilla, nos llevamos un buen chasco ya que un empleado nos informó inmediatamente de que no saldría ningún convoy en toda la noche, y que no sabía cuándo podría partir alguno.

Al oír aquello, mi madre balbuceó unas palabras inconexas y yo traté de darle ánimos temiendo que pudiera venirse abajo de un momento a otro. Su rostro, de repente, reflejaba un gran cansancio y por eso le propuse que nos sentáramos en un rincón apartado de la multitud.

Después de mucho buscar, finalmente hallamos un hueco y nos sentamos en un banco de madera, muy cerca de los urinarios. Aquel contratiempo había sumido a la pobre mujer en un estado de angustia que le duró varias horas, y a pesar de no hacer ningún comentario, yo sabía que estaba muy preocupada.

Alrededor de las doce de la noche, mamá todavía se resistía a quedarse dormida por temor a que repentinamente se anunciara la partida de algún tren y lo perdiéramos. Una mujer nos había explicado que alguna que otra vez salían trenes que no estaba previsto que lo hicieran.

Yo también estaba muy cansado, pero extrañamente no tenía nada de sueño. Además, aquel era un día importante en mi vida y quería estar bien despierto para no perderme detalle. Por lo tanto, y después de muchos titubeos, logré convencer a mamá para que echara una cabezada y le prometí que la despertaría cuando empezara a notar que a mí se me cerraban los ojos.

Las luces del vestíbulo se habían apagado hacía un par de horas y la gente poco a poco empezó a dormirse. Sólo algunos grupitos permanecían jugando a las cartas o conversaban en voz baja, respetando el descanso de los demás. Justo detrás de nosotros había una familia que charlaba con un soldado, que, por lo que pude oír, había sido jugador del Atlético Monsó y del Numancia. El soldado, que había venido a Barcelona gozando de un permiso, les explicaba la dureza del frente en la zona de Graus, donde los rigores del invierno habían causado infinidad de bajas por congelación a consecuencia de las bajas temperaturas, y que en Teruel incluso habían llegado a 18° C bajo cero.

Al oír aquello, no pude evitar la curiosidad y, con sigilo me acerqué a ellos para escuchar mejor lo que decían. Sabía que Graus estaba muy cerca del pueblo donde vivía mi tía, y nosotros precisamente nos dirigíamos hacia allí.

El soldado explicó que formaba parte de las tropas de la 27 División, y que en diciembre estaban acantonados en las poblaciones de la ribera de los ríos Alcanadre y Cinca. Llevaban varias semanas soportando un frío atroz y una niebla densa y húmeda que les calaba hasta los huesos. La Nochevieja de 1937 buena parte de Aragón, especialmente las zonas que abarcaban desde Graus a Teruel, se vieron cubiertas por una espesa nevada y algunos compañeros, apostados en las trincheras, amanecieron con las extremidades congeladas y tuvieron que ser evacuados rápidamente para que les fueran amputados las piernas y los brazos dañados.

Según el soldado, pocos días antes de venir de permiso, buena parte del Pirineo todavía continuaba nevada y persistían las bajas temperaturas. Que la población civil, preocupada por el avance de los nacionales, abandonaba sus casas masivamente y que el éxodo hacia Lérida y Barcelona era constante.

Aquellas sin duda no eran buenas noticias, aunque yo todavía era incapaz de imaginar qué significaban realmente. Preocupado, regresé junto a mi madre y traté de no pensar demasiado en lo que había escuchado. Me acomodé lo mejor que pude y, tras cubrirme con la manta, creo que me quedé dormido como un tronco ya que cuando mamá me despertó eran pasadas las tres de la madrugada.

—Venga, hijo, despierta. Tenemos que conseguir los billetes. He oído que dentro de un par de horas sale un tren hacia Lérida.

Tuvimos que hacer cola durante un buen rato, pero finalmente conseguimos dos billetes y nos apresuramos hacia los andenes. Una verdadera multitud se agolpaba delante del larguísimo convoy estacionado en la vía número seis. Los vagones llevaban inscripciones revolucionarias pintadas a brochazos y los guardias de asalto vigilaban para evitar que la gente subiera a los vagones antes de tiempo. Por todas partes había numerosos grupos de soldados del Ejército Popular que esperaban fumando tranquilamente para subir al tren que les llevaría de nuevo al frente.

—No te apartes de mí por nada del mundo —me dijo mamá, asiéndome de la mano con fuerza—. Podrías perderte.

Miraras donde mirases, veías caras angustiadas y se notaba a la legua que todo el mundo estaba inquieto y preocupado. No en balde, Lérida estaba muy cerca del frente de Aragón y, por lo que pude saber, la ciudad también había sido bombardeada varias veces.

Nos quedamos junto a una columna de hierro y nos dispusimos a esperar pacientemente que nos permitieran subir al tren. Muy cerca de nosotros había un grupo de mujeres vestidas de negro. Algunas cubrían su cabeza con pañuelos y llevaban un mantón oscuro sobre los hombros. Se las veía muy tristes y no se dirigían la palabra entre ellas. Yo las observé durante un buen rato y mi madre, viendo que no les quitaba ojo de encima, me explicó que seguramente habían perdido a sus hijos en el frente. Aquello todavía me conmovió más y no dejé de mirarlas hasta que nos dieron aviso de que ya podíamos subir a los vagones. Entonces, una avalancha tremenda se apelotonó ante los peldaños de las puertas y a empujones logramos entrar en un vagón.

Mamá y yo tuvimos suerte y pudimos tomar asiento. El vagón pronto estuvo abarrotado por completo, y la gente que permanecía de pie iba tan apretujada como el ganado. En pocos minutos, la atmósfera se hizo prácticamente irrespirable y tuvimos que abrir las ventanillas para no asfixiarnos.

Antes de partir, aún tuvimos que esperar una hora larga, que a mí se me hizo interminable. Lo cierto es que era la primera vez que subía a un tren de largo recorrido y ansiaba oír el pitido de la locomotora. Aunque yo era plenamente consciente de lo que suponía aquel viaje, en esos momentos estaba tan ilusionado que todo aquello no dejaba de ser una fantástica aventura para mí.

Mamá me hizo ceder mi asiento a una mujer que llevaba una criatura en brazos y tuve que quedarme de pie junto a la ventanilla. Entonces, cuando por fin llegó el ansiado momento y oí el silbido que anunciaba nuestra partida, me faltó tiempo para asomarme y saludar a todo el mundo con la mano. Inmediatamente, noté que el tren se movía bajo mis pies y vi cómo una densa columna de humo empezaba a invadir la estación, procedente de la locomotora. Nos habíamos puesto en marcha y mentiría si no dijera que estaba profundamente emocionado.

3

Mientras el tren cruzaba las calles de la ciudad, mi madre miraba al exterior con una expresión extraña en los ojos. Estaba hecha un manojo de nervios y, con las manos sobre su regazo, no paraba de juguetear con una medalla de la Virgen de Montserrat que tenía entre los dedos.

Aún era de noche y las calles y los edificios estaban envueltos en un manto de oscuridad y pasaban fantasmagóricamente ante nosotros. Todo permanecía sumido en un silencio cargado de incertidumbre y, por primera vez, sentí que me alegraba de abandonar la ciudad.

No tardamos demasiado en llegar al apeadero de la plaza Cataluña y allí una verdadera marabunta de pasajeros subió a los vagones, donde ya prácticamente no cabía un alma. Aquello provocó algunas situaciones tensas y, por poco, dos hombres no llegaron a las manos ya que ninguno de los dos quería hacerse a un lado.

Lo cierto es que viajar de aquel modo resultaba verdaderamente inhumano y no era difícil imaginar que la cosa todavía podía empeorar con el transcurso de las horas.

Mi madre, viendo el jaleo que se estaba armando, me obligó a sentarme sobre sus rodillas y me dio algunas de las avellanas con las que la señora Nuri nos había obsequiado para el viaje. Naturalmente, a mí me daba vergüenza sentarme como un crío y tan pronto como pude volví a levantarme y seguí el viaje de pie, con la cara pegada a los cristales de la ventanilla.

Mientras el paisaje desfilaba ante mis ojos, recuerdo que durante un buen rato traté de imaginar cómo sería el pueblo de mi padre, ya que tan sólo sabía que se llamaba Espés y que estaba entre dos valles.

Una hora después empezó a clarear el día y una débil luminosidad rosada comenzó a teñir el horizonte. Unas nubes pequeñas y juguetonas seguían la misma dirección que el tren, y me entretuve contándolas hasta que entramos en un túnel y las perdí de vista.

—Estamos llegando a Manresa —comentó un hombre bastante gordo que estaba sentado frente a mamá, mientras liaba un cigarrillo con evidente satisfacción—. Esto hay que celebrarlo...

Y justo cuando ese hombre terminó la frase y el tren empezaba a salir del túnel, yo, desde la ventanilla, divisé un hidroavión que, a mucha altura, venía directamente hacia nosotros.

—¡Un avión, un avión! —grité.

Entonces, mi madre y el resto de pasajeros, alarmados por mis gritos, corrieron a las ventanillas para ver qué sucedía. Pero nadie tuvo tiempo de reaccionar ya que un potente silbido, seguido de una tremenda explosión, nos zarandeó violentamente. Una bomba estalló en el vagón de cola, que saltó por los aires hecho pedazos. Los demás vagones también fueron sacudidos brutalmente; dos o tres unidades se salieron de las vías y la locomotora las arrastró un largo trecho, hasta que finalmente volcaron. El estruendo, el pánico y el caos que se apoderó de todo el mundo fue tan indescriptible, que todavía hoy retumba en mi cabeza.

Los primeros minutos fueron de una confusión total. Yo, con el impacto, había ido a parar encima de mi madre, y por unos momentos ambos quedamos sepultados por varios pasajeros que nos habían caído encima.

Recuerdo perfectamente los gritos desgarradores de los heridos, y cómo al final mamá y yo logramos salir por la ventanilla. Luego, echamos a correr campo a través para alejarnos del convoy por miedo a un nuevo ataque. Milagrosamente, ni mi madre ni yo sufrimos el más mínimo rasguño. Ambos estábamos ilesos y mamá, al ver que el avión no regresaba para rematar a los supervivientes, me ordenó que me quedara allí y ella regresó para auxiliar a los heridos.

El panorama no podía ser más desolador: varios vagones volcados, uno totalmente calcinado y gran cantidad de muertos esparcidos por todas partes.

Los soldados que viajaban en el tren fueron los primeros en organizar las tareas de rescate y, poco a poco, la gente empezó a sacar heridos del interior de los vagones y a separar a los muertos de los vivos. La situación era realmente desesperada ya que no había nada con que curar a los heridos, ni manera de pedir ayuda urgente. Estábamos a unos veinte kilómetros de Manresa y si no acudían pronto en nuestro auxilio, algunos pasajeros gravemente heridos podían morir en cuestión de horas.

Finalmente, varios hombres fueron a pedir auxilio, y dos o tres horas después llegaban las primeras ambulancias. La evacuación de los heridos más graves fue rápida y el resto del pasaje nos quedamos esperando a que vinieran por nosotros. La locomotora había quedado bastante dañada y los empleados del ferrocarril no podían volver a ponerla en marcha.

Sobre las cuatro de la tarde, un camión de la Cruz Roja trajo víveres y algunas mantas y nos informaron de que un tren ya había salido de Barcelona para recogernos.

Aquello nos ayudó de momento a mantener la entereza, pero a medida que pasaban las horas, la sensación de abandono e impotencia iba calando en el ánimo de todos y la gente empezó a desmoralizarse. Algunos, hartos de la larga espera, emprendieron el viaje a pie, mientras que los demás intentábamos mantenernos unidos sin perder la esperanza.

Finalmente, alrededor de las diez de la noche, mi madre tampoco pudo resistir más y tomó la decisión de emprender el camino a pie. Había oído decir al maquinista que lo más probable era que aquel tren volviera a Barcelona y ella no estaba dispuesta a regresar por nada del mundo.

De modo que, tras despedirnos de algunos pasajeros, cargamos nuestras pertenencias a cuestas y echamos a andar por la vía del tren en dirección a Poniente. Había empezado a refrescar y me di cuenta de que mi madre tenía muy mal aspecto. Unas profundas ojeras le habían aparecido en pocas horas; tenía la frente perlada de sudor y temblaba de frío.

—¿Te encuentras bien? —le pregunté—. Tienes mala cara.

—No te preocupes, cielo. Sólo estoy un poco cansada.

Anduvimos y anduvimos hasta que ya no pudimos más. Los últimos kilómetros los habíamos hecho en silencio y yo, medio hipnotizado, no podía apartar la vista de los raíles que brillaban bajo los efectos de la luz de la luna. El silencio que nos envolvía era tan denso, que podríamos haberlo cortado con un cuchillo y sólo de vez en cuando se rompía con el aleteo de alguna ave nocturna que emprendía el vuelo al oír nuestros pasos.

—Será mejor que descansemos un rato —me propuso mamá, dejándose caer, rendida, sobre las vías del tren—. Tengo los pies destrozados…

No teníamos agua ni nada que comer y yo, desde hacía horas, sentía unos fuertes retortijones que pedían a gritos algo para llevarme al estómago.

—¿Nos quedan avellanas?

—No, cariño, te las terminaste en el tren…

Yo sabía que prácticamente ya no podíamos dar ni un paso más, y que continuar de aquel modo tampoco tenía demasiado sentido.

—¿Y si buscamos algún sitio para dormir? —le sugerí, mirando los alrededores.

—No, mi vida, tenemos que seguir.

—Pero ¿hacia dónde? —me quejé—. Llevamos horas andando y no hemos visto ningún pueblo, ni nada. Estamos en medio de un desierto.

—Confía en mí, cariño. Seguro que detrás de estos montes de ahí enfrente encontraremos algo...

Y mi madre dio por terminada la conversación y se puso de nuevo en pie.

—Vamos...

A medida que pasaba el tiempo, yo veía que cada vez avanzábamos más lentamente y que apenas si podíamos con nuestra alma. Mamá respiraba con dificultad y a mí habían empezado a dolerme los pies tanto, que incluso estuve a punto de quitarme las botas y continuar descalzo. Recuerdo que mamá se esforzaba todo el rato por ir siempre delante de mí para que yo no tuviera más remedio que seguirle la marcha. En aquellos momentos creo que llegué a odiarla, sobre todo, porque yo sabía que aquella tenacidad que trataba de inculcarme era únicamente para darme ejemplo. Ella, a pesar de todos sus esfuerzos, había arrojado la toalla tiempo atrás, quizá desde el mismo instante en que supimos que papá había muerto en el frente.

Y quizá por eso, cuando por fin conseguimos llegar al pequeño promontorio que mamá me había indicado un par de horas antes, el alma se me cayó a los pies y mis piernas se negaron en redondo a dar ni un paso más. El panorama que se abría ante nuestros ojos era tan desolador, que me di por vencido en el acto.

Justo entonces, nos pareció oír a lo lejos el inconfundible sonido de una locomotora que se acercaba. Inmediatamente, mamá y yo miramos a ambos lados de la vía, pero todo estaba muy oscuro y no pudimos ver nada. Por unos momentos creí que estábamos sufriendo alucinaciones, porque al instante aquel sonido se desvaneció y todo quedó sumido en el mismo silencio de antes.

—¡Que raro! —exclamó mamá—. Juraría que he oído un tren... ¿Tú no?

—A mí también me lo ha parecido pero...

Y antes de que pudiera añadir ni una palabra más, empezamos a notar un temblor bajo nuestros pies e inmediatamente volvimos a oír claramente el rugido de una locomotora. Desde hacía un buen rato la luna había desaparecido detrás de unos nubarrones y costaba ver a cierta distancia; aun así, me extrañó no ver cómo se acercaba ningún tren, ya que el ruido cada vez sonaba más cerca. Entonces, mi madre, incomprensiblemente, se puso en medio de la vía y levantó los brazos. Yo no entendí qué estaba haciendo y traté de sacarla de allí a rastras, ya que a unos cien o doscientos metros, se distinguía claramente una masa oscura y brillante que se acercaba a gran velocidad.

—¡Por favor, mamá, sal de ahí!

Pero mi madre, haciendo caso omiso de mis ruegos, se quedó muy quieta, como clavada en el suelo, agitando los brazos para que la vieran a la perfección. Evidentemente, un tren con todas las luces apagadas venía directo hacia nosotros.

—¡No te verán! ¡Está demasiado oscuro! —le supliqué, al tiempo que intentaba sacarla de allí con todas mis fuerzas.

Entonces se oyó un chirrido ensordecedor, e instintivamente me abracé a mi madre y cerré los ojos, muerto de miedo. Estaba convencido de que aquel tren iba a arrollarnos. Mi madre también me abrazó con fuerza y en aquel instante sentí una fuerte sacudida, algo así como si una ráfaga de viento intentara levantarme del suelo.

—¡Las manos en alto!

Rápidamente, abrí los ojos y vi que a escasos metros se había detenido una enorme locomotora y que varios soldados nos apuntaban con sus escopetas.

En un primer momento, ni mi madre ni yo pudimos abrir la boca. Estábamos demasiado asustados y no entendíamos exactamente lo que estaba pasando.

—Es una mujer y un crío —gritó uno de los soldados alumbrándonos con un candil.

Entonces, otro militar saltó de la locomotora y se acercó rápidamente a nosotros. Era un oficial bastante joven y se nos quedó mirando con cara de malas pulgas.

—¿Puedo saber qué demonios estaban haciendo en medio de la vía del tren?

Mamá, muerta de miedo y sin levantar la vista, balbuceó cuatro palabras incomprensibles y aquel hombre, visiblemente nervioso, se quitó la gorra y empezó a rascarse la cabeza.

—Tranquila, señora, tranquila. Sólo le he preguntado qué hacían ahí en medio.

—Quería parar el tren... —contestó mamá, con un hilo de voz.

—¡Parar el tren! —gritó el oficial, perdiendo los estribos—. ¿Acaso está usted loca?

—No, señor... Mi hijo y yo llevamos toda la noche andando y ya no podíamos más... Tenemos que llegar a Lérida cuanto antes.

El oficial abrió los ojos como platos y masculló:

—¡Mecagüendios señora! Pero ¡cómo se le ocurre parar un tren militar de esta manera! Podíamos haberlos arrollado...

Los soldados, sin dejar de apuntarnos con los fusiles, intercambiaron una mirada burlona y el oficial les ordenó que bajaran el arma.

—Muy bien, muchachos, todos al tren.

Mamá, viendo que aquellos hombres no tenían ninguna intención de llevarnos, se encaró al oficial y cogiéndole de la manga le espetó:

—No irán a dejarnos aquí, ¿verdad?

—Lo siento, señora, pero no podemos ayudarles, esto es un tren del ejército y tenemos terminantemente prohibido llevar civiles.

Entonces mi madre se puso lívida, se tambaleó unos instantes y antes de que nadie pudiera evitarlo, perdió el conocimiento y se desplomó.

Rápidamente, el oficial y yo tratamos de reanimarla, pero no logramos que volviera en sí.

—Muchacho, tu madre tiene muy mal aspecto. ¿Sabes qué le sucede? —me preguntó aquel hombre, muy preocupado.

—Hace unos meses estuvo muy enferma y el médico dijo que tenía algo en los pulmones...

—Pues creo que será mejor que la vea un médico. Deberías llevarla a un hospital...

Supongo que la mirada de impotencia que le lancé fue suficientemente reveladora, ya que aquel hombre se compadeció de nosotros y ordenó a los soldados que subieran a mi madre al tren.

—Os llevaremos hasta las afueras de Lérida, pero una vez allí tendrás que buscar la manera de transportar a tu madre hasta el hospital. Nosotros no podemos parar en ninguna estación, ¿comprendes, chaval?

Lo cierto era que yo no comprendía nada. Estaba demasiado preocupado por mi madre y en aquellos momentos solo pensaba en lo que le había sucedido.

Entre tres hombres depositaron a mamá sobre unos sacos en el penúltimo vagón de cola y yo me senté a su lado y le tomé una mano.

—Mamá, mamá, ¿me oyes?

Entonces ella entreabrió los ojos y me dedicó una tímida sonrisa.

—¿Estás bien? —le pregunté en seguida—. Me habías asustado…

—No te preocupes, cielo, solo estoy un poco cansada.

El oficial, que también había subido al vagón, se acercó para ver cómo estaba mi madre y nos preguntó:

—¿Cuándo comisteis por última vez?

—Hace dos días —contesté, raudo—. Y sólo avellanas…

Mi madre me apretó la mano con fuerza, como reprobando mi respuesta.

—Bien, veré qué puedo hacer —agregó aquel hombre mientras le tocaba la frente a mamá para comprobar si tenía fiebre—. Igual dentro de un rato puedo traeros algo de comida…

El oficial dio media vuelta y avanzó hacia la enorme puerta del vagón. Luego saltó al suelo, cerró de golpe y oímos el ruido de sus pasos mientras se alejaba.

Entonces el tren se puso en marcha con una fuerte sacudida y yo miré el interior de aquel vagón de carga, que estaba lleno de sacos y de cajas de munición.

—Hemos tenido suerte —exclamó mamá—. Ese oficial parece un buen hombre.

Aquel oficial, que luego supe que se llamaba Expósito, no volvió a reunirse con nosotros hasta pasadas un par de horas. Por entonces, yo estaba medio muerto de hambre y las tripas habían empezado a darme unos retortijones que retumbaban en todo el vagón.

—¿Cómo se encuentra, señora?

—Mejor. Ha sido usted muy amable.

—Me alegro —repuso él, consultando su reloj—. Supongo que llegaremos a Lérida al amanecer… Si todo va bien…

Mi madre y yo nos miramos con el corazón encogido y Expósito tomó asiento junto a nosotros y empezó a liarse un cigarrillo. Mamá me había explicado que aquel hombre se la estaba jugando al llevarnos en aquel tren, y que incluso se exponía a que lo fusilaran por prestarnos ayuda.

—Está muy serio —le dije—. ¿Acaso teme que nos ataquen?

—No, muchacho, por eso puedes estar tranquilo. Este tren va suficientemente bien blindado como para no temer nada. Lo que me preocupa es cómo estará la situación en Lérida. El frente está muy cerca de allí y el enemigo avanza de forma imprevisible.

—¿Por qué? ¿Cree que invadirán Lérida? —preguntó mi madre.

—No, no… pero la ciudad está a reventar de refugiados y, por lo que sé, la población civil está muy asustada. Tenga en cuenta que Caspe cayó definitivamente el día diecisiete en poder de los nacionales y que, desde ese día hasta hoy, las tropas fascistas han proseguido su avance ocupando las poblaciones de Sariñena, Bujalaroz y Alcañiz. Y sé de buena tinta que los moros, a las órdenes de Yagüe, estaban ayer mismo a las puertas de Fraga.

Piense que después de la caída de Caspe, incluso se dio la orden de trasladar a Lérida el cuartel general de la 26 División.

—¡Dios mío! —exclamó mi madre—. No sabía que la cosa estuviera tan mal...

—Además, en la zona de Huesca también han caído muchas poblaciones y nuestro ejército se ha visto obligado a retroceder hacia los Pirineos para reorganizarse.

Creo que nunca había visto a mi madre tan asustada. Ni siquiera unas horas antes, cuando nos bombardeó aquel hidroavión, la vi con aquella expresión de miedo en sus ojos.

Supongo que Expósito también lo percibió ya que de pronto le preguntó:

—Por eso me intriga saber por qué van hacia allí. La gente de esos pueblos está huyendo y abandonándolo todo.

—Mi marido murió en el frente hace unos meses y su familia vive cerca de Graus, en un pueblo llamado Espés. De allí queremos pasar a Francia. En Tolouse tenemos amigos que huyeron hace unos días de Barcelona y que nos acogerán.

—Entiendo… Pero tienen que saber que van a meterse en la boca del lobo. Muy cerca de esa zona se están librando los combates más duros de la guerra y por allí aún hace un frío de muerte. Medio Pirineo todavía está cubierto de nieve.

—Da igual —agregó mamá, con gran aplomo—. Sabremos cuidar de nosotros, ¿verdad, hijo?

Yo ni pude responder. De repente tenía la carne de gallina y un nudo en la garganta me impedía abrir la boca.

—Vosotros veréis, pero yo hubiera intentado huir a Francia por Gerona.

—No podíamos hacerlo. Antes de abandonar el país, debo explicarle a mi cuñada que su hermano ha muerto. Esa mujer es la única familia que nos queda en el mundo y no podemos irnos sin hablar con ella. Lo comprende, ¿verdad?

—Creo que sí…

Supongo que aquel buen hombre pensó que mi madre estaba loca de remate ya que la cara que puso no ofrecía dudas. Realmente, ir hacia Graus en aquellos momentos parecía una insensatez tan grande como la copa de un pino. Pero yo sabía que mi madre era de ideas fijas y que nada ni nadie en el mundo podría hacerla cambiar de opinión.

El oficial Expósito volvió a sus ocupaciones, y mamá y yo nos quedamos otra vez solos.

Entonces ella se cubrió con una manta y cerró los ojos para echar una cabezadita. Me quedé contemplándola un buen rato, puesto que tenía peor aspecto que antes.

Supongo que yo también me quedé dormido, pues cuando el tren empezó a aminorar la marcha, los ruidos de los frenos me hicieron abrir los ojos de golpe.

Una vez parados, la puerta del vagón se abrió bruscamente y un soldado me indicó que lo siguiera.

—Baja, chaval, el teniente Expósito quiere verte...

—Tras comprobar que mi madre seguía durmiendo, salté al suelo y vi que estábamos parados en medio de un túnel.

Un grupo de soldados, entre ellos Expósito, también se habían apeado del tren y se disponían a comer algo sentados junto a la vía.

—Ven, chaval, debes de estar muerto de hambre.

Mientras me acercaba a ellos, no pude dejar de mirar aquel tren tan extraño en el que estábamos viajando.

—¿A que nunca habías visto ninguno así? —me preguntó Expósito.

—No, señor...

—Naturalmente, chico, este es un «tren fantasma»...

Yo creí que me estaba tomando el pelo, pero luego, mientras comíamos, Expósito me explicó que aquello era una locomotora Diésel y que tenía la particularidad de no echar humo como las máquinas de vapor, y por lo tanto era más difícil que los aviones enemigos les siguieran el rastro.

Supongo que al ver mi cara de sorpresa Expósito me explicó que, nada más comenzar la guerra, algunos talleres ferroviarios, entre ellos La Maquinista de Barcelona, habían improvisado el blindaje de algunos vagones y locomotoras y que los habían armado con un cañón y varias ametralladoras. Que esos trenes blindados generalmente recorrían los frentes de batalla llevando víveres y municiones, y que algunas veces también transportaban tropas.

Por eso iban camuflados y se les había cambiado la parte superior de los vagones y de la locomotora, para instalar una superficie plana en la que habían colocado traviesas y carriles, simulando la vía férrea. De este modo, se pretendía que, desde el aire, los aviones no pudieran detectarlos al confundirlos ópticamente con la vía del tren.

El convoy en el que íbamos estaba compuesto por la locomotora y cuatro vagones. Expósito me explicó que el primer vagón llevaba dos cañones de 75 mm y ocho fusiles ametralladoras en la zona central. El segundo, iba armado con cuatro ametralladoras dispuestas para barrer a ambos lados de la vía y tenía veintiséis troneras desde donde se podía abrir fuego con armas ligeras. El tercer vehículo, muy parecido al segundo, disponía del mismo número de troneras que el anterior, pero se le había dejado suficiente espacio para llevar una buena carga. Y por último, iba una vagoneta de dos ejes sobre la cual se había instalado un cañón antiaéreo.

Tras sus explicaciones, Expósito me tendió un plato de garbanzos para que se lo llevara a mi madre. Pero ella casi no probó bocado, y rápidamente di buena cuenta del resto, pues todavía estaba hambriento.

Pocos minutos después el tren se puso en marcha otra vez y entonces ya no pude volver a pegar ojo. Viajar en un «tren fantasma» no era ninguna broma y no quería perderme detalle.

Aquel domingo, 27 de marzo, apenas el sol comenzó a despuntar en el horizonte, mi madre y yo empezamos a ver las primeras casas de las afueras de Lérida. El viaje había transcurrido sin ningún contratiempo y Expósito apareció en el vagón para anunciarnos que en pocos momentos llegaríamos a la ciudad y que estuviéramos atentos, porque tendríamos que apearnos en el puente sobre el Segre, a poca distancia de la estación. El tren fantasma no podía parar en ella y proseguía su viaje hacia un destino que no nos pudo revelar.

—En la estación, preguntad por la parada de los autobuses que van a Graus…

En aquel momento el tren empezó a aminorar la marcha y segundos después quedaba frenado justo a la entrada de un puente.

Nos despedimos de Expósito con un fuerte abrazo y, antes de bajar, él me cogió la cara entre sus manos y mirándome fijamente a los ojos, me dijo:

—Y ahora, chaval, tendrás que ocuparte de tu madre. Eres el cabeza de familia…

Por supuesto, aquello me llenó de orgullo y le dije que no se preocupara, que yo me ocuparía de ella.

El hombre me estrechó la mano enérgicamente y añadió:

—¡Suerte, camaradas!

Mi madre y yo saltamos a la vía y Expósito nos lanzó nuestros bártulos de uno en uno. Luego, sin volver la vista atrás, echamos a andar por el puente y llegamos a la estación en menos de cinco minutos.

4

A esas horas, las inmediaciones y los andenes de la estación de Lérida ya se hallaban repletos de gente cargada con toda clase de vituallas y enseres domésticos, que esperaban pacientemente la salida de algún tren. Allí nos enteramos que desde hacía un par de días prácticamente sólo partían trenes con dirección a Barcelona para evacuar a la población civil, que estaba tan desesperada, que incluso algunos tomaban los trenes por asalto con tal de huir de la ciudad.

Una mujer nos indicó cómo ir a la parada de los autobuses, pero nos advirtió que no funcionaban regularmente, ya que el ejército al principio de la guerra había requisado algunos vehículos, y que los que quedaban salían cuando podían.

Como pudimos comprobar luego, aquellos días Lérida no era el paraíso ni nada parecido.

La ciudad también había soportado fuertes bombardeos y el clima de guerra era diez veces mayor que en Barcelona. La proximidad del frente provocaba que las calles estuvieran llenas de camiones militares en tránsito, y por todas partes se veían soldados de aspecto famélico, armados hasta los dientes.

De camino a la estación de autobuses, nos cruzamos con muchas ambulancias y camiones que, como nos enteramos más tarde, evacuaban a los enfermos de los hospitales, que estaban repletos a causa de los centenares de soldados malheridos que traían a diario del frente. La calle Mayor, la plaza de Sant Francesc y la plaza Sant Joan habían sido brutalmente bombardeadas dos días antes y todavía ofrecían un aspecto devastado.

Me sorprendió ver que las calles estaban bastante desiertas. Aparte de los militares, casi no se veía a gente de paisano, y esto me producía una extraña sensación a la que poco a poco me fui acostumbrando. Aun así, algunos establecimientos habían abierto sus puertas, y me extrañó ver que todavía podía encontrarse algún que otro alimento.

En cambio, el bar en el que estaba la parada de los autobuses que cubrían la línea Lérida-Graus aún estaba cerrado. Por suerte, un tablón de anuncios pegado a la pared anunciaba los horarios, y así pudimos enterarnos de que los domingos, a las once de la mañana, salía un autobús que paraba en casi todas las poblaciones. Aquello nos alegró el día ya que ese transporte llegaba muy cerca de nuestro destino.

Mamá respiró aliviada y propuso que nos sentáramos a esperar tranquilamente en uno de los bancos de la plaza. Naturalmente, yo no tenía ganas de quedarme tres horas sentado y le pedí que fuéramos a dar una vuelta.

—Ve tú, si quieres, pero no te alejes mucho porque podrías perderte. Yo estoy demasiado cansada para ir contigo…

No me lo pensé dos veces y eché a andar hacia la calle Mayor, que era donde había visto más movimiento.

Al llegar al centro, no sé por qué giré en sentido contrario a la estación, hacia el puente que cruza el río Segre. El día era tan claro y luminoso que me apetecía sentir en la cara el frío viento que venía desde el río. A medida que avanzaba, notaba que la fuerte brisa me daba una sensación de alivio y vigor, como hacía mucho tiempo no recordaba. Pensé que ese sol radiante que se reflejaba en el río y coloreaba la tupida arboleda de la ribera, era un augurio de que nuestras desgracias por fin emprendían la retirada.

Cuando ya estaba cerca del puente, descubrí que había un camello pastando tranquilamente en la ribera contraria a la que yo me encontraba. Supuse que se habría escapado de un circo o del zoo, que por lo demás yo no sabía si había en Lérida. Me quedé contemplándolo fijamente un buen rato. No sé cuánto estuve ahí parado, porque estaba tan fascinado que perdí la noción del tiempo. El camello se dio cuenta de que lo observaba porque cada tanto volvía el cogote hacia mí y resoplaba como si le fastidiara que lo mirase tanto. Pensé en cruzar el puente y acercarme amigablemente, pero a la que daba un paso el animal se ponía en guardia, dispuesto a salir disparado en cuanto intentara el más mínimo movimiento en su dirección. Solo me permitía contemplarlo desde lejos, aunque resoplando.

Estábamos en esas cuando empezaron a sonar las alarmas. Una se oía muy nítidamente, como si viniera de cerca. Por lo que supe mucho después, debía de ser la del Castillo Principal, aunque no podría afirmarlo.

El camello empezó entonces a cruzar el puente y con la confusión de gente que empezó a aparecer por todas partes, gritando y corriendo en cualquier dirección, el animal se puso nervioso y comenzó a dar coces. Todo sucedió en cuestión de minutos. Fue escuchar las alarmas y ver la escuadrilla de los aviones fascistas sobre nuestras cabezas, como si hubieran surgido de la nada. En ese momento tomé conciencia del peligro a que me exponía, al no tener donde protegerme. Entonces, corrí hacia un grupo de gente que huía alejándose del río. Iban al refugio antiaéreo que se había construido en los sótanos de la casa donde estaba el jefe del ejército republicano, en la calle del Marqués de Villa Antonia.

Las bombas caían con tal persistencia que realmente no creí que pudiéramos llegar a ningún lado. Del Castillo Principal se habían empezado a levantar unas enormes columnas de humo que se veían desde varias manzanas a la redonda, y cinco o seis casas de la calle Mayor cayeron delante de nosotros como naipes a consecuencia de las ondas expansivas de las explosiones cercanas.

Yo corría como un conejo asustado siguiendo a los que, delante de mí, parecían saber adónde dirigirse. El fuego ininterrumpido de las ametralladoras, que en vuelo rasante descerrajaban los aviones, hacía que de vez en cuando tuviéramos que pararnos y ponernos a cubierto hasta que los aviones pasaban de largo.

Cuando por fin logramos llegar al refugio que estaba en el número 7 de la Rambla de Aragón, descubrimos que había quedado totalmente destruido y que la gente que estaba en su interior había muerto sepultada por toneladas de cascotes. En aquellos momentos las alarmas eran incesantes y las cuadrillas de cazas volvían una y otra vez sin darnos respiro. La situación era tan desesperada, que la gente no podía auxiliar a los heridos que se desangraban en medio de los escombros, sin correr el riesgo de perder la propia vida.

Realmente, aquello era un infierno.

Yo estaba muy preocupado por mi madre, pero trataba de convencerme de que debía de estar a salvo en alguna parte. Lo más probable era que estuviera en algún refugio, y yo sabía que sería prácticamente imposible encontrarla hasta que no cesara el bombardeo.

Aun así, encaminé mis pasos hacia la plazoleta donde la había dejado. A medida que avanzaba, cada vez me resultaba más difícil orientarme entre tanto escombro, polvo y humo. Tanto era así, que al cabo de un buen rato ya ni sabía dónde me encontraba. Las bombas habían hecho desaparecer calles enteras y a mi alrededor todo estaba sembrado de ruinas y cuerpos destrozados.

Entonces, cuando prácticamente ya no sabía qué hacer, dos mujeres que corrían en mi dirección me agarraron por la espalda y me arrastraron hacia la entrada de un refugio que estaba oculto detrás de un cañizo, delante mismo de mis narices.

—¡Venga, criatura, tienes que ponerte a cubierto!

Yo no quería entrar y protesté enérgicamente.

—Suéltenme, tengo que encontrar a mi madre.

Pero aquellas dos mujeres obraron sensatamente y no me hicieron el menor caso.

—Ahora no es momento para buscar a nadie, chiquillo...

Luego me empujaron por una empinada escalera, estrecha y lúgubre, que descendía hasta el sótano.

Aquel refugio no era muy amplio, pero al menos no estábamos apiñados como en los refugios de Barcelona, donde uno no podía mover un dedo sin molestar al vecino. No habría más de veinte personas y casi todas parecían miembros de una misma familia. A regañadientes, tomé asiento en un banco de cemento, junto a una anciana que no paraba de rezar en voz baja mientras pasaba las cuentas de un rosario.

Estaba muy enfadado y no tenía ganas de hablar con nadie. Por eso, permanecí callado como un muerto, sin levantar la vista del suelo.

—¿Y tú quién eres? —me preguntó una cría de apenas siete años que no me había quitado los ojos de encima desde que había llegado.

No contesté ni levanté la vista para nada.

—¡Eh, muchacho, que la niña te está hablando! —insistió un hombre con pinta de payés[1]—. ¿O es que acaso se te ha comido la lengua un gato?

Aquello me humilló todavía más y empecé a arrastrar nerviosamente las puntas de las botas en el suelo, formando unos pequeños montoncitos de tierra.

Entonces, alcé la vista disimuladamente y vi que todo aquel grupo de desconocidos tenía los ojos clavados en mí.

—Me llamo Manolo… y soy de Barcelona…

—¡Ahhh…! —exclamaron todos al unísono—. ¡Manolo!

Una mujer de la edad de mi madre se levantó de su sitio y vino a sentarse junto a mí.

—¿Y qué haces solo? ¿Te has perdido?

Naturalmente, no tuve más remedio que contarle la verdad y, tras hacerlo, no tardé en descubrir que todos ellos eran muy buenas personas y durante el rato que pasé allí, trataron de animarme y me dieron de comer.

1. Payés: del catalán *pagès*, campesino.

No sabría decir cuánto tiempo estuve allí dentro, aunque entonces me pareció una eternidad ya que los bombardeos se repitieron durante horas. En ocasiones, las explosiones sonaban muy cerca de donde estábamos y, por lo visto, las defensas antiaéreas y los aviones republicanos poco podían hacer frente a aquel brutal ataque.

Cuando al fin pudimos salir, a mí sólo me preocupaba encontrar a mi madre. Por eso, me despedí precipitadamente de todos y eché a correr hacia la plaza donde estaba la parada del autobús. Supuse que mamá haría lo mismo que yo y que tarde o temprano nos encontraríamos allí.

Pero me equivoqué.

Tras esperar en vano varias horas, mi madre no dio señales de vida. Desesperado, empecé a preguntar a todo el que se cruzaba conmigo. Les describía cómo era mi madre, pero nadie supo decirme nada sobre su paradero. Fui al hospital, a los puestos de socorro, pero en ninguno de esos sitios habían ingresado a una mujer que respondiera a su descripción.

Volví a la estación del ferrocarril, crucé el puente varias veces, hablé con unos y con otros pero todo fue inútil. Mamá había desaparecido como si se la hubiera tragado la tierra.

Hacia el anochecer la situación se complicó aún más. La ciudad se había quedado sin luz y la destrucción de las tuberías de agua había transformado la Rambla de Aragón en un torrente más caudaloso que el Segre. Algunos edificios todavía seguían ardiendo y los bomberos, a esas horas, aún sacaban algunos cadáveres de entre los escombros.

La posibilidad era angustiosamente real, pero no quería ni pensar en que mamá pudiera haber muerto durante el bombardeo. No sé exactamente por qué, pero tenía la certeza de que iba a encontrarla con vida. Recuerdo que me esforzaba en pensar que ella también debía de estar buscándome, y que incluso era probable que nos hubiéramos cruzado sin vernos.

De todos modos, yo empezaba a desfallecer y las piernas apenas podían mantenerme en pie. Llevaba seis o siete horas deambulando por la ciudad, y en esos momentos los ojos empezaban a cerrárseme de sueño.

Así que volví sobre mis pasos y regresé a la parada de los autobuses. Allí me tumbé en un banco y me dispuse a echar una cabezada. Creo que jamás me había sentido más solo y desamparado que aquella noche. Unas lágrimas resbalaron por mis mejillas y poco después me quedé dormido como un tronco.

No habría dormido más de una hora, cuando oí el frenazo de un coche a pocos metros de donde yo estaba. Entonces dos guardias de asalto se apearon del vehículo y se me acercaron.

—¿Qué pasa, muchacho?, ¿por qué no estás en tu casa?

—Estoy esperando a mi madre —dije, sin saber muy bien qué tenía que responder.

—¿Y por qué no la esperas en casa?

Al terminar de contarles por qué estaba allí, aquellos dos hombres cruzaron una mirada de complicidad y se alejaron unos pasos para hablar sin que yo pudiera escucharles. Al volver, me dijeron que iban a llevarme a un sitio donde podría pasar la noche a cubierto y que no me preocupara por nada. Que si mi madre aparecía, ellos ya se encargarían de explicarle mi paradero.

Yo naturalmente no quería ir a ninguna parte, pero estaba clarísimo que ellos tampoco estaban dispuestos a dejarme pasar la noche a la intemperie. Por eso, no tuve más remedio que subirme al coche y dejar que me llevaran con ellos.

El trayecto resultó bastante complicado, ya que las calles estaban prácticamente intransitables por culpa de los escombros que se amontonaban por todas partes.

Después de algunos rodeos, finalmente llegamos a una casa de dos plantas que estaba casi en las afueras de la ciudad.

Bajamos del coche en silencio. Llamamos a la puerta y, tras esperar un rato, nos abrió una mujer de unos cuarenta años con una cara bastante avinagrada. Los guardias le explicaron cuál era la situación y la mujer, tras echarme una mirada, les respondió que la colonia estaba a rebosar ya que hacía dos días había llegado un numeroso grupo de niños vascos.

Uno de los guardias insistió enérgicamente, y la mujer, de mala gana, accedió por fin a buscarme algún sitio. Luego me preguntó si quería comer algo y, sin esperar mi respuesta, me llevó a la cocina y, tras servirme un plato de sopa, me dejó solo para volver a reunirse con los guardias.

Al principio no pude escuchar con claridad de qué hablaban. Pero a los pocos minutos empezaron a levantar el tono, y oí claramente que estaban discutiendo. El problema parecía ser que nadie quería hacerse responsable de mí. Los guardias porque tenían otras tareas de que ocuparse y la mujer porque no sabía qué hacer conmigo, dado que habían recibido la orden de evacuar la colonia al día siguiente.

En ese momento sentí una terrible sacudida, pues uno de los guardias había dado por sentado que mi madre estaba muerta y que lo mejor para mí sería que fuera con el resto de los niños. La asistenta social les respondió que ella no tenía autoridad para tomar una decisión de ese tipo, pero que al día siguiente se ocuparía de hablar con el comisario político. Los dos guardias, dando el tema por zanjado, se despidieron y se fueron con un sonoro portazo.

Luego, la mujer volvió a la cocina y yo me terminé la sopa en silencio, sin hacer ningún comentario. No quería que sospechara que los había oído.

—¿Has terminado? —me dijo secamente.

Hice un gesto afirmativo y me limpié la boca con el dorso de la mano.

—Pues si ya has terminado ven conmigo, te enseñaré dónde vas a dormir...

Los lúgubres pasillos de aquella casa no me ayudaron a mejorar mi estado de ánimo; realmente, nada de aquello pintaba bien.

La sala dormitorio tenía dos hileras de camas, ocupadas por un montón de niños de distintas edades, que roncaban y se removían intranquilos, como si sufrieran extrañas pesadillas. La habitación estaba presidida por dos enormes ventanales, protegidos por unas tupidas rejas que daban la sensación de estar en una cárcel. Mientras la mujer arreglaba una cama vacía, le pregunté si podía ir a orinar.

—Sí, claro, el baño está en el pasillo, la última puerta a la izquierda —me respondió en voz baja—, pero ten cuidado de no hacer ruido.

Salí al pasillo por el que habíamos venido, y en lugar de ir hacia el baño, volví al salón donde estaba la puerta principal dispuesto a largarme de allí en aquel preciso instante.

Aquella gente creía que mi madre había muerto y pretendía retenerme allí como si fuera un huérfano.

Rápidamente, traté de abrir la puerta que daba a la calle, pero no pude hacerlo ya que la habían cerrado con llave. Entonces fui hacia la cocina para intentar salir por alguna de las ventanas, mas también estaban cerradas a cal y canto. En vano, intenté forzarlas con la ayuda de un cuchillo, pero las muy tercas no cedieron ni un milímetro.

Entonces la mujer empezó a llamarme y oí unos pasos que se acercaban hacia la cocina. Solté el cuchillo de golpe y me apresuré a llenar un vaso de agua.

—¿Qué estás haciendo? —me preguntó la mujer, extrañada de que estuviera allí.

—Tenía sed y vine a tomar un vaso de agua…

—De ahora en adelante, si necesitas algo, primero me pides permiso. ¿Queda claro?

Y sin agregar palabra, la seguí mansamente hacia el dormitorio. Allí estuvo esperando hasta que me metí en la cama; comprobó que todo estuviera en orden y, tras darse la vuelta, salió de la habitación. Luego apagó la luz del pasillo y la oscuridad se adueñó de la estancia.

Allí dentro hacía un frío horrible y pronto me arrepentí de haberme quitado la ropa. Por más que intentaba taparme con la manta, mis pies no entraban en calor y parecían dos témpanos de hielo.

—Pss, psss...

En la cama contigua a la mía, un mocoso con el pelo rapado al cero me chistaba asomando la cabeza de entre las sábanas y me miraba curiosamente con unos ojos abiertos como platos.

—A esa, más te vale no cabrearla, tiene muy mala leche...

—¿Y qué....? —le espeté con chulería, casi despectivamente.

—No, nada... —me dijo incorporándose y sentándose en su cama, como disponiéndose a tener una larga charla—. Pero tampoco hace falta que te lo tomes así...

—Me lo tomo como me da la gana.

—Perdona, no quería que te enfadaras, ¿vale?

En ese momento, con la luz de la luna que se filtraba a través de los ventanales, reparé en su rostro. Tendría unos nueve años y le faltaban algunos dientes.

—Aquí, a los que no se comportan como es debido, los ponen a raya sin demasiadas contemplaciones, ya lo verás... ¿Tú eres huérfano?

—¿Y a ti qué te importa?

—¡Ah! Ya veo. A ti también te han traído tus padres, como a mí...

No tenía ganas de hablar con nadie y menos aún de entablar amistad con aquel pobre diablo. Pero el chaval no se amedentró lo más mínimo y empezó a contarme que era de Bilbao y que sus padres lo habían metido en aquel grupo de refugiados, junto a otros niños huérfanos, para alejarlo del peligro de la guerra.

—¿Alejarte cómo...? ¡Todo el país está en guerra!

—¡Caray, macho, pues mandándome al extranjero! Todos los que estamos aquí salimos mañana en tren para Barcelona y después creo que nos embarcarán hacia Rusia. ¿Tú sabes dónde está Rusia?

Le iba a decir que Rusia estaba muy lejos y que no se inventara tantas trolas, pero el chavalito, viendo mi cara de escepticismo, añadió:

—¿Acaso no sabes que hay miles de niños de todo el país que son enviados al extranjero hasta que termine la guerra?

—¡Venga ya! ¡No digas tonterías!

—Te lo juro. Algunos de Bilbao ya salieron a finales del verano pasado hacia Inglaterra…

—¿Sin sus familias?

—Claro, macho. Casi todos eran hijos de combatientes, y el resto, huérfanos que habían perdido a su familia en los bombardeos. Hubieras tenido que ver el drama que hubo en el muelle de Santurce cuando partió ese grupo… Mi madre y yo tuvimos que acompañar a Begoña, una vecinita de siete años que tenía a su padre en el frente y a su madre postrada en cama desde hacía mucho tiempo. La pobre criatura intentó mantener el tipo y no derramó ni una sola lágrima durante todo el trayecto hasta que subió a bordo del *Habana*. Una vez en cubierta, apretujada entre centenares de criaturas más, Begoña estalló en sollozos y yo no pude resistirlo y me largué corriendo. Te juro que fue aterrador ver a todos aquellos infelices, marcados con aquellos cartones de identificación que llevaban prendidos de un alfiler, como este —añadió enseñándome su abrigo, en el que llevaba pegado un cartón con su nombre y apellidos—. Claro que, quizá por eso, yo no me lo he tomado tan a pecho como los demás. De hecho, ya estaba concienciado desde hacía algunos meses de que tarde o temprano aquello podía sucederme a mí...

—¿Y no te importa separarte de tu familia? —me extrañé.

—¡Jolines! Claro que me importa, pero tengo que obedecer a mi madre. Ella lo hace por mi bien... Además, ya soy demasiado mayor como para echarme a llorar como un crío, ¿no crees?

Me quedé pensativo, la valentía de aquel muchacho me había impresionado vivamente. Claro que el suyo no era mi caso y yo tenía que salir de allí aquella misma noche, sin perder ni un minuto más. Esa gente no sólo quería retenerme contra mi voluntad sino que, además, pretendía enviarme a Rusia.

Cuando el reloj de la primera planta dio las tres de la madrugada, me acerqué a mi compañero de cama para asegurarme de que estuviera bien dormido. Le susurré unas palabras al oído para ver si me oía, pero el chaval ni siquiera parpadeó. Entonces, me vestí muy lentamente para no hacer ruido y salí de puntillas del dormitorio.

La única posibilidad que tenía para huir de aquella casa era hallar las llaves, que seguramente la asistenta social guardaba en su habitación. Por eso fui directamente hacia el vestíbulo y comencé a subir con mucho cuidado la escalera que llevaba a la primera planta.

Allí me encontré con que había varias habitaciones pero, excepto dos, las demás estaban vacías y con las puertas abiertas de par en par. Intenté abrir con mucho cuidado la que estaba al fondo del pasillo, y tuve la bendita suerte de que era la que buscaba.

La mujer dormía, pero parecía tener un sueño liviano. Encontrar las llaves fue sumamente sencillo, pues las tenía sobre la mesita de noche. El asunto se complicó cuando fui a cogerlas, ya que sin darme cuenta tiré al suelo un vaso que había sobre la mesita y ella abrió los ojos sobresaltada.

—¿Qué pasa...? —me dijo, agarrándome el brazo férreamente.

Yo, presa del pánico, reaccioné de forma brusca, le golpeé la mano con las llaves para que me soltara y salí corriendo. Ella también reaccionó rápidamente y se levantó de la cama de un brinco. Luego, corrió detrás de mí hecha una furia y yo, mientras huía por el pasillo, fui tirando al suelo sillas, jarros y todo lo que encontraba a mi paso. Cuando ya casi estaba a punto de alcanzar la escalera, vi que la mujer tropezaba con una silla y que instintivamente, para no perder el equilibrio, se agarraba a un enorme y pesado reloj de pie, que en el acto se le vino encima aplastándola contra el suelo.

Yo no podía detenerme para prestarle auxilio, porque con el escándalo que había montado, en pocos segundos tendría a toda la colonia detrás de mí. Por eso, sólo me detuve unos instantes, los suficientes para comprobar que tenía una herida en la cabeza y que un hilo de sangre se extendía rápidamente por el suelo. Aquella pobre mujer estaba tan inmóvil como un muerto.

Horrorizado, me lancé escaleras abajo y comencé a probar las llaves en la cerradura de la puerta. Mientras lo hacía, oí una voz de hombre que gritaba y el inconfundible ruido de pasos en toda la casa.

Finalmente, tras unos angustiosos instantes que se me hicieron eternos, logré abrir la puerta y salí al exterior temblando de pies a cabeza. Antes de huir, cerré de nuevo y arrojé las llaves bien lejos para que nadie pudiera encontrarlas.

5

Salí de Lérida como si me persiguiera el mismísimo diablo. Durante un par de horas corrí a campo traviesa hasta que perdí completamente la orientación.

En todo ese tiempo no me crucé con nadie y las pocas casas que encontré en el camino estaban totalmente abandonadas. A pesar de que había empezado a amanecer desde hacía un buen rato, unas nubes densas y oscuras impedían que el sol asomara en el horizonte.

Yo no podía dar un paso más y, aunque hubiera podido, en aquellos momentos tampoco sabía hacia dónde ir. Mi único objetivo había sido abandonar la ciudad cuanto antes, ya que suponía que la gente de la colonia iba a salir en mi busca. Además, cabía la posibilidad de que la asistenta social hubiera muerto y quisieran cargarme las culpas a mí. Eso sin contar que, por experiencia propia, ya sabía que no era muy conveniente deambular solo por las calles, puesto que corría el riesgo de que volvieran a tomarme por un huérfano.

Y eso, qué duda cabe, suponía un cambio drástico en mis planes. Ahora no podía quedarme en Lérida para buscar a mi madre. Muy a mi pesar debía seguir solo y llegar como fuera hasta Espés. No podía más que suponer que mi madre se imaginaría que yo continuaría solo hasta llegar a la casa del único familiar que teníamos.

Y de algún modo, lo que había pasado en la colonia me había beneficiado, porque si mi madre preguntaba por mí en cualquier organismo de asistencia infantil de Lérida, a estas alturas ya me habría hecho lo suficientemente popular como para que todo el mundo supiera que seguía con vida. No podía estar muy seguro de que las cosas fueran a suceder así, pero al menos, me servía para no perder la fe y para proseguir sin derrumbarme del todo. En el fondo, y de eso me di cuenta más tarde, esa idea quizá demasiado optimista me ayudaba a mantener alejado el fantasma de la posible muerte de mi madre.

Necesitaba descansar y recobrar el aliento, pero el frío era tan despiadado que no podía siquiera dominar el temblor que me sacudía todo el cuerpo. Era como si me hubieran electrificado las venas.

Desde lo alto de una loma vi una casa en el valle y bajé corriendo hacia allí con la esperanza de encontrar a alguien que pudiera orientarme para seguir mi camino hacia Graus. A medida que me acercaba pude distinguir a un soldado, que parecía un crío, sentado sobre una piedra y apoyado contra una pared de la casa. Apresuré el paso, gritando y haciendo señas para que me viera. Debía de estar muy dormido ya que no me oía. Cuando estuve a su lado comprobé con horror que estaba muerto. No vi que tuviera ninguna herida, seguramente se había parado a descansar y murió de hambre o de frío. Su expresión era apacible, y con la mano derecha agarraba un soldadito de plomo. No tendría más de quince años pero el horror de la guerra ya había dejado sus huellas en su rostro enjuto y cadavérico. Me quedé mirándolo unos segundos y me dio pena que aquel juguete se quedara allí. Entonces, con mucho cuidado, se lo arrebaté de la mano y me alejé rápidamente.

Durante un buen rato seguí caminando sin rumbo, simplemente tratando de encontrar cualquier cosa que pudiera servir para orientarme. Atravesé unos huertos y luego, por una empinada cuesta, llegué a un pequeño bosquecillo que crucé para salir a una planicie desértica. A lo lejos me pareció distinguir un camino y me apresuré en esa dirección. Tras media hora de andar, seguía sin ver la más mínima señal de vida por ninguna parte. Y cuando ya empezaba a dudar de que aquel camino me llevara a ningún lado, oí el cansino trote de un carruaje que se acercaba sin prisa.

Inmediatamente agité las manos en el aire para que el hombre se detuviera.

—¡Sooo! ¡*Lucas*, Sooo…!

El mulo que arrastraba aquel destartalado carro que se bamboleaba saltándose todas las leyes de la gravedad, se paró delante de mí y un hombre viejo y arrugado, con una colilla de cigarro que le colgaba de los labios, me miró sin demasiado interés y me preguntó:

—¿Adónde vas?

Yo le respondí que hacia Graus y él, tras rascarse la mejilla, me dijo sin demasiado entusiasmo que subiera, que me llevaría hasta Balaguer.

El viejo me ayudó a saltar al pescante e hizo chasquear suavemente las riendas sobre el oscuro lomo del mulo.

—¡Arre, *Lucas*, arre...!

El carro reemprendió lentamente la marcha, y las desvencijadas ruedas mordían suavemente la tierra del camino, silenciando el desolado rumor de los cascos del animal.

Aquel hombre era muy poco hablador y apenas si me dirigió la palabra en todo el camino. De vez en cuando, pegaba una cabezada y se quedaba unos segundos en trance, como si se hubiera dormido de repente. Luego, se recuperaba bruscamente y amenazaba al animal con alguna desconocida tortura.

—¿Falta mucho? —le pregunté al cabo de media hora.

El hombre, tras mirarme con una desconfianza fuera de lugar, volvió a rascarse la mejilla y, sin soltar palabra alguna, siguió mirando al frente sin molestarse en contestar mi pregunta.

—¡Arre, *Lucas*, o te rompo la crisma!

Resignado, me dediqué a contemplar la nube de polvo que dejábamos a nuestras espaldas, y, al cabo de un buen rato, aquel extraño individuo rompió su mutismo y empezó a hablar.

—Yo tenía un hijo que murió cuando tenía tu edad... ¿Sabes...?, a veces todavía oigo su voz hablándome a través de los álamos de ese bosque de ahí... Mi mujer dice que eso no son voces, que es el viento. Pero se equivoca. Yo sé que es Antoñito, que me llama para que vaya con él... El pobre está muy solo y quiere reunirse con nosotros. Claro que mi mujer no me cree, y en el pueblo todos me toman por loco...

—¿Y de qué murió su hijo?

—Nunca lo supimos... Encontramos su cuerpo junto a una casa deshabitada, en el valle... Y cuando lo hallamos, los buitres le habían arrancado los ojos y apenas pudimos reconocerle... Fue muy cerca de aquí —añadió, señalando en dirección a la casa donde yo había hallado el cadáver de aquel soldado—. A media hora de camino...

No pude evitar que los pelos se me pusieran de punta y que un extraño temor me inundara la boca con un sabor amargo.

—¿Y sabes lo peor? Allí mismo, hace muchos años, también apareció otro crío muerto en extrañas circunstancias... Yo creo que esa casa está maldita y que por allí ronda algún espíritu maligno...

Dicho eso, el viejo se volvió a quedar en silencio y yo, profundamente atemorizado. No me fiaba de aquel hombre ni me gustaba estar allí a solas con él.

Proseguimos el camino en silencio hasta que, finalmente, una media hora después, el viejo tiró de las riendas y me soltó que ya habíamos llegado.

Extrañado, miré a mi alrededor y no vi ninguna población ni nada que pudiera estar habitado. La verdad es que aquello todavía me dio más mala espina.

—¿Esto es Balaguer? —le pregunté.

—¿A ti qué te parece? —me respondió con la misma indiferencia.

—Que no...

—Pues... Balaguer está a dos kilómetros de aquí. Coge este sendero todo recto y cuando llegues al valle, ya verás el pueblo. Yo tengo que quedarme por aquí...

Bajé del pescante a toda prisa, con ganas de perderle de vista. Entonces él reanudó la marcha, sacudiendo las riendas con energía y sin tan siquiera desperdirse.

—¡Mecagüen tus muertos, *Lucas*, tira de una vez!

Yo me quedé unos instantes viendo cómo se alejaba y, luego, eché a correr por aquel polvoriento sendero con un sentimiento de inseguridad apabullante.

Cuando al fin divisé Balaguer, sentí una gran decepción. Desde lejos, aquel pueblo parecía vacío. Una tenue luz se reflejaba sobre las aguas del Segre, que discurrían mansamente bañando con una triste luminosidad las fachadas de las casas paralelas al río.

No se oía nada en absoluto. Ni el trino de los pájaros, ni el discurrir del agua ni ningún otro sonido que denotara que allí quedaba alguien con vida. Aquel silencio no era normal y a mí me pareció que aquello no era un buen presagio.

Seguí andando con cautela, hasta que finalmente llegué a la estación del ferrocarril, que también parecía desierta. Todo tenía un aspecto desolador y ni en el vestíbulo ni en los tinglados de carga se veía la menor señal de que allí hubiera nadie. Todo estaba herméticamente cerrado y nada hacía pensar que los trenes siguieran circulando con normalidad.

Atravesé unos huertos que separaban la estación del río y, por precaución, antes de cruzar el puente, preferí tener la seguridad de que no corría ningún peligro.

Entonces, observé que en la otra orilla había un puesto de control y que un par de soldados montaban guardia yendo de un lado a otro, con pasos lentos y cansinos. Uno fumaba un cigarrillo expulsando grandes bocanadas de humo y el otro canturreaba una canción que no reconocí. Parecían tranquilos y aquello se me antojó que era una buena señal.

Aun así, no me decidí a acercarme todavía y paré un rato para descansar. De pronto se oyó el rugido del motor de un avión y volví la cabeza para verlo. Volaba bastante bajo y era lento y pesado, de un atrayente color plateado, con rutilantes hélices y grandes cristales en el frente, muy distinto a los que había visto hasta entonces. Mientras lo contemplaba fascinado, sentí varios disparos que debían de provenir de alguna defensa antiaérea e instintivamente me tiré al suelo y me llevé las manos a la cabeza. El avión no respondió al ataque ni lanzó ninguna bomba y siguió su lento discurrir con una indiferencia sorprendente.

Me extrañó que los dos soldados no mostrasen la menor preocupación por su presencia, y en tanto el avión se alejaba vi que alguien me hacía señas desde la otra orilla del río.

De entrada, no moví ni un solo músculo y permanecí agazapado unos instantes más.

—¡Eh, tú, ven hacia aquí!

Un chaval, que tendría mi edad, me indicaba que me acercara a él. Yo dudé unos instantes, pero finalmente me armé de valor y crucé el puente sin tenerlas todas conmigo.

A medida que me aproximaba, vi que aquel muchacho llevaba unos prismáticos en la mano y un fusil de juguete, toscamente hecho de madera, en la otra.

—Te estaba mirando con los prismáticos y he visto que te acojonabas mucho al ver el avión, ¿verdad?

—Sí, creí que era un bombardero.

—Tranquilo, era «la pava».

—¿Qué?

—Así la llamamos por aquí. Pero no tienes por qué asustarte: es un avión de reconocimiento y no lleva armas. Los fascistas lo usan para inspeccionar el terreno antes de mover sus tropas.

—¿Y pasa muy a menudo por aquí?

—Últimamente, casi a diario. Ten en cuenta que los fachas están a poquísimos kilómetros de aquí y que la gente ha huido masivamente porque se teme que invadan el pueblo de un momento a otro. Nuestro ejército hace días que empezó a preparar la defensa de la margen derecha del río, haciendo trincheras, y creo que ahora quieren dinamitar los puentes para impedir que los fascistas puedan seguir avanzando.

—¿Y tú por qué no has huido como los demás?

—Mi abuela y yo estamos esperando a mi hermano, que viene del frente de permiso. Cuando llegue, rápidamente nos iremos a una casa que mi familia tiene en el campo, muy cerca de Agramunt.

—¿Y tus padres?

—Hace pocos días tuvieron que huir precipitadamente a Francia. Mi padre es el alcalde y sabía que si entraban los nacionales en el pueblo, lo más probable era que lo fusilaran como a otros alcaldes de la región.

—¿Y tú por qué no fuiste con ellos?

—Alguien tenía que quedarse para explicárselo a mi hermano. Además, es poco probable que tomen represalias conmigo, aún soy demasiado pequeño.

No sé exactamente por qué, pero tuve la impresión de que aquel muchacho no me decía toda la verdad.

—¿Y tú de dónde sales? —me preguntó cambiando de tema—. No recuerdo haberte visto antes.

—Vengo de Barcelona...

—No serás un espía, ¿verdad?

Recuerdo que aquella pregunta me dejó completamente desconcertado. No sabía si hablabla en serio o si me estaba tomando el pelo.

—¿Cómo dices...?

—Tranquilo, hombre. Era una broma...

Echamos a andar hacia el centro del pueblo y yo empecé a contarle cómo y por qué había llegado hasta Balaguer. Me extrañó que me escuchara sin prestar demasiada atención y que estuviera más pendiente de los soldados que nos íbamos encontrando por el camino, que, inexplicablemente, lo saludaban como si lo conocieran de toda la vida.

—Te conoce todo el mundo... —le comenté, molesto por su indiferencia.

—No debe sorprenderte, aquí sólo quedamos cuatro gatos y yo me paso el día en la calle.

Mientras seguía contándole mi aventura, giramos por la calle de la Botera y entramos a la plaza Mercadal. Entonces me interrumpió bruscamente para mostrarme la ametralladora que había en lo alto del campanario de la iglesia.

—¿Ves?, estas son nuestras defensas antiaéreas. Desde aquí disparamos a «la pava».

—¿Con esto? —me extrañé al ver una rudimentaria ametralladora.

—Sí, pero no llegamos a hacerle ni un maldito rasguño. Disparamos únicamente para divertirnos.

Como pude comprobar más adelante, para aquel muchacho todo lo que sucedía a su alrededor era como un juego. Por eso, ya ni me molestó que no hiciera ningún comentario cuando terminé de contarle cómo había llegado hasta allí. Estaba claro que a él sólo le interesaban sus fantasías, y en aquellos momentos, yo no estaba para perder el tiempo con las fantasías de nadie.

—Ven, te enseñaré mi cuartel general...

Entusiasmado, me agarró del brazo y, antes de que yo pudiera reaccionar, me hizo entrar en el edificio del ayuntamiento, que estaba en la misma plaza.

—Ahora está completamente abandonado pero yo vigilo para que nadie lo saquee. Aquí todavía se guardan documentos muy importantes... Si quieres, te puedo enseñar los libros de actas.

—¿Los qué…?

—El libro donde se apuntan los acuerdos de los plenos municipales. Ahí está reflejada toda la historia de Balaguer.

Yo no tenía tiempo ni ganas de que me enseñara nada, y menos aún sobre la historia de aquel maldito pueblo del que sólo quería salir cuanto antes.

—Oye, mira —dije parándole en seco—, ahora no tengo tiempo de que me enseñes nada. Ya te he dicho que tengo que llegar a Graus cuanto antes.

El muchacho, sorprendido, se volvió para mirarme y me soltó:

—¿Y cómo piensas llegar hasta Graus? Los autobuses hace días que no salen hacia Aragón. ¿O acaso no sabes que el frente esta ahí mismo?

—¿Y no hay otro medio de transporte?

—A no ser que quieras ir volando… —ironizó.

—Déjate de bromas —repliqué, dándome la vuelta, dispuesto a dejarle plantado.

—¡Oye, oye, tranquilo! Quizá yo pueda ayudarte…

—¿Cómo puedes ayudarme?

—Puedo pedirle al comandante Armenter que te eche una mano.

—¿Y quién es ese?

—Ese es el jefe de las tropas que defienden Balaguer y, para que te enteres, es muy amigo mío. Él quizá pueda meterte en algún camión militar que vaya hacia el frente. Es la única manera que se me ocurre, de lo contrario tendrás que ir a pie.

—Pues a qué esperamos, vamos a verlo ahora mismo.

—No corras tanto, camarada. Para hablar con él tendremos que esperar a que vaya al café, como hace cada mañana sobre las once o las doce. Antes no lo encontraremos en ningún sitio.

—¿Seguro?

—Tú confía en mí. Y mientras, ven, que te enseñaré todo esto…

No tenía más remedio que confiar en sus palabras, así que mansamente, como un cordero, le seguí escaleras arriba.

—Por cierto, aún no me has dicho cómo te llamas —me preguntó de pronto.

—Manolo. ¿Y tú?

—Valentín, aunque todos me llaman el Piloto.

—¿Y por qué te llaman así?

—Pues porque me chiflan los aviones. Luego te presentaré a mis amigos aviadores, ¿quieres…?

—¿Aviadores?

—Sí, claro. Aquí en Balaguer tenemos un aeródromo y desde que estalló la guerra está ocupado por los militares. Hay varias escuadrillas de Mosquitos y Natachas.

Valentín se movía tan a sus anchas por aquel edificio que, viéndole, uno fácilmente podía pensar que todo aquello le pertenecía.

Cruzamos un largo pasillo y entramos en la sala de actos, que tenía todo el aspecto de haber sido abandonada precipitadamente, ya que sobre la mesa aún quedaban algunos papeles y varias carpetas abiertas.

—¿Ves?… —dijo Valentín, sentándose en la silla que presidía la mesa y mostrándome un grueso libro con tapas de color negro—. Este es el último libro de actas. Si te fijas, verás que la página del día nueve de este mes quedó incompleta porque a media reunión, el secretario, los concejales y mi padre tuvieron que abandonar el edificio corriendo y lo dejaron todo de cualquier manera.

—¿Y por qué? —me extrañé.

—Es muy largo de contar y tú no lo entenderías —me cortó por lo sano, y añadió tranquilamente, volviendo a lo suyo—: esta de aquí es el acta de la penúltima reunión, cuando el pleno municipal tomó medidas urgentes contra los desertores y sus familiares, ya que estos, al encubrirles, eran tanto o más culpables que los que se pasaban al enemigo o abandonaban el frente. ¿Ves? Aquí lo dice exactamente...

Saltaba a la vista que Valentín estaba orgullosísimo de poder enseñarme aquellos documentos y que al hacerlo se sentía el ser más importante del mundo. No tuve más remedio que armarme de paciencia y aguantar aquel suplicio sin rechistar.

Luego, cuando se cansó de enseñarme el libro de actas, salimos al pasillo y me mostró el archivo donde se guardaban montones y montones de pliegos de papel.

—Esto de aquí son partidas de nacimiento y defunción, contratos de compraventa de fincas, y algunos documentos muy antiguos. Creo que incluso hay algunos que tienen más de trescientos o cuatrocientos años...

Durante más de una hora, Valentín me enseñó todas las dependencias del edificio y fue contándome hasta el más mínimo detalle de la actividad municipal.

Naturalmente, a mí todo aquello me interesaba bien poco y supongo que al final se dio cuenta, ya que sin demasiadas ganas volvimos a salir a la calle.

—Mi abuela me ha encargado que compre pan, ¿me acompañas?

De golpe el pueblo me pareció más animado; de hecho, en la plaza había un par de mujeres hablando debajo de los pórticos y algunos hombres entraban y salían del bar.

Valentín y yo nos acercamos a la panadería que había cerca de allí, pero al llegar vimos que estaba cerrada y que en la puerta había colgado un cartel que decía que no había pan.

—Ya van tres días que la abuela me manda a comprar pan y no hay forma de hacerle entender que ya no se consigue en ningún lado.

Luego, Valentín se empeñó en que lo acompañara a su casa y no hubo manera de hacerle desistir. Recuerdo que estaba en la calle Sant Pere y que era una antigua casa de pueblo de dos plantas con un pesado portal de madera. Dentro de aquellas paredes de piedra hacía casi más frío que en la calle y un característico olor a humedad llegaba desde la bodega. Subimos algunos escalones y entramos en una amplia habitación, mucho más acogedora, en la que había una enorme cocina económica. Nada más entrar, en seguida noté una temperatura muy agradable y que de un puchero salía un maravilloso aroma a comida caliente. Recuerdo perfectamente que la boca se me inundó de saliva al instante, ya que hacía muchos meses que no olía nada así.

La abuela de Valentín era una mujer mayor, vestida de negro, que a pesar de su edad se movía ágilmente entre los fogones. El muchacho, sin decirle nada, se acercó a ella y, tras darle una palmadita en la espalda, le hizo unos ademanes con las manos, señalándome. La pobre mujer, después de mirarme de arriba abajo, me sonrió amablemente y le faltó tiempo para ponerme delante un plato enorme y humeante de patatas con butifarra negra que empecé a devorar de inmediato.

Mientras comía, Valentín me explicó que su abuela era sorda como una tapia y más terca que una mula. Luego, sin dejarme terminar aquel manjar, me hizo levantar y me indicó que lo siguiera.

—Ahora verás lo que tengo escondido…

Bajamos a la bodega y Valentín, tras encender una lámpara de carburo para alumbrarnos, abrió un armario que estaba semioculto en la oscuridad y sacó varias cosas que no logré identificar. Luego, con mucho cuidado, me mostró una cazadora de piel.

—Era de un aviador que murió en combate.

Yo la miré con curiosidad pero sin atreverme a tocarla, ya que estaba perforada en el hombro izquierdo y manchada de sangre.

—Cógela… —insistió—, no muerde…

Con una cierta emoción la tomé entre mis manos, y Valentín empezó a sacar del armario un enorme trozo de seda blanca que casi no cabía sobre la mesa.

—Y éste era su paracaídas —me dijo con orgullo—. ¿Qué te parece?

Yo jamás había visto un paracaídas y me pareció algo extraño. Era muy brillante, con unos largos cordones también blancos y, al tocarlo, se te escurría de las manos.

—No se puede plegar de ninguna manera. La seda esta es tan escurridiza que cuando le has hecho tres pliegues, se te desdobla todo otra vez... ¿Te gusta?

Asentí con la cabeza y rápidamente lo volvimos a meter como pudimos en el armario.

—Tienes que prometerme que no se lo dirás a nadie. Es mi secreto y nadie tiene que saber que lo tengo.

—¿Y cómo lo conseguiste? —le pregunté, intrigado.

—No puedo decírtelo, ya te he dicho que era un secreto...

Empezaba a estar harto de aquel chiflado que tan solo quería pavonearse de sus tonterías.

Además, me había pasado toda la noche en vela y me estaba muriendo de sueño.

—¿Crees que tu abuela se molestará si me quedo a dormir unas horas?

—¿Dormir? —exclamó, sorprendido—. Pero ¿no querías que habláramos con Armenter?

—Sí, pero todavía es muy temprano y no he pegado ojo en toda la noche.

—Ni hablar, chaval. Ahora mismo tenemos que ir al «Chalet de l'Enric». De hecho, igual no llegamos ni a tiempo.

—¿A tiempo de qué? —pregunté, intrigado.

—Ya lo verás. Ahora ven, tenemos que darnos prisa.

Salimos de la casa sin despedirnos de su abuela y corrimos como desesperados hasta unos huertos en las afueras del pueblo.

De repente, Valentín se paró en seco y yo llegué a su lado completamente exhausto y casi sin respiración.

—¿Ves eso de ahí? —preguntó mostrándome un edificio aislado rodeado por un gran jardín—. Es el «Chalet de l'Enric».

Entonces, mi extraño compañero se arrodilló junto a unos arbustos y con las dos manos empezó a quitar tierra del suelo hasta que apareció un encañizado. Lo levantó con sumo cuidado y vi que las cañas ocultaban una zanja de más de un metro de largo. De lado a lado de la zanja había una viga de madera empotrada en los dos extremos, y de la viga colgaban unos cordeles. Valentín tiró de uno de ellos como si estuviera pescando y, ante mi sorpresa, apareció una longaniza atada al extremo del cordel.

—¡Alehooop! —exclamó el muchacho, mostrándome el embutido.

No pude resistir la curiosidad y avancé un par de pasos para ver qué había dentro de la zanja.

—Es mi despensa secreta —me comentó, sonriendo con picardía mientras sacaba una segunda longaniza—. Aquí guardo chistorras, butifarras, longanizas, panceta y un poco de todo…

Realmente era un escondrijo perfecto. Nadie que pasara por allí podía imaginar, ni remotamente, que debajo de sus pies había una despensa atiborrada de comida.

—¿Todo esto es tuyo? —le pregunté.

—Sí, pero no preguntes, ¿vale?

Valentín sacó un papel de periódico del bolsillo de su abrigo y envolvió las dos longanizas por separado. Luego, tapó la zanja con el encañizado y la cubrió de nuevo con tierra hasta que quedó totalmente camuflada.

—Ahora ya podemos ir al chalet...

Anduvimos unos cien metros y Valentín, sin darme ninguna explicación, se sentó sobre una piedra y se quedó callado como un muerto, con los ojos fijos en el jardín del chalet. Yo no sabía por qué nos parábamos allí y para qué había cogido las longanizas. En realidad, todo lo que hacía aquel muchacho era tan extraño que yo no paraba de preguntarme qué demonios estábamos haciendo.

De repente, oímos el rugido de una escuadrilla de aviones que cruzaban el cielo en dirección al oeste.

—¡Mira, mira! —exclamó con júbilo Valentín.

En aquel instante, uno de los aviones, de forma inexplicable, se separó del resto y realizó un vuelo rasante por encima de Balaguer. Luego, avanzó hacia nosotros y dejó caer un ramo de flores justo cuando volaba por encima del jardín del chalet.

Yo no podía dar crédito a lo que acababa de suceder y miré a mi compañero, sorprendido.

—No te pierdas detalle... —insistió el muchacho sin dejar de mirar al avión, que en aquellos momentos giraba en redondo para unirse al resto de la escuadrilla—. Y ahora fíjate bien en el jardín...

Yo le obedecí y miré el jardín del hotel.

—¿Y...? —me extrañé, al no ver nada raro.

—Espera, espera...

Entonces, una muchacha salió del edificio y tranquilamente se acercó a recoger las flores.

—Esa es Pola Negri, bueno, en realidad, así la llaman los aviadores, pero se llama Josefina y trabaja como camarera en el hotel. El piloto ruso que le ha arrojado las flores está enamorado de ella y cada día, a esta hora, hace lo mismo. ¿A que es guapa?

Luego me explicó que en aquel hotel se alojaban los pilotos españoles de los Natacha y que a la muchacha la llamaban Pola Negri porque se parecía mucho a una artista de cine que se llamaba así.

—Y ahora te presentaré a mis amigos.

Entramos en el hotel y, una vez allí, comprobé que todo el mundo lo conocía y que lo saludaban con afecto.

En el comedor, algunos pilotos, después de desayunar, habían formado un corro y charlaban animadamente de sus cosas. Valentín y yo, tras saludarles, tomamos asiento junto a ellos y vimos que estaban hablando del bombardeo de Lérida.

Uno de los pilotos contaba cómo había interceptado en el aire un bimotor sobre la vertical de Lérida.

—A doscientos metros de distancia, disparé las ametralladoras y las balas cruzaron el punto de unión de su fuselaje con las alas. Entonces, la posición de tiro me obligó a mantener el aparato muy erguido, haciéndome perder la velocidad que necesitaba para dominarlo. No tuve más remedio que abandonar la maniobra y, picando rápidamente, me preparé para darle otra pasada. Una estela blanca evidenciaba que el bimotor había acusado el impacto, pero yo no vi que se declarara ningún incendio. De pronto, el aparato viró bruscamente buscando refugio entre sus líneas y yo intenté asediarlo de nuevo. Al maniobrar, advertí que a unos mil metros encima de mí se descolgaban unos cuantos cazas que venían directos a por mí. Seguramente me habían descubierto por culpa del resplandor de las balas y de la estela del bimotor.

—Y entonces, te cagaste encima —bromeó otro piloto.

—Déjate de bromas. Esos bajaban dispuestos a hacerme pagar por lo que le había hecho a su compinche y los muy jodidos se alinearon rápidamente para abrir fuego sobre mí. Así que me vi obligado a maniobrar a la desesperada, y con un violento medio «barril» y medio «looping», picando con el motor a fondo, salí de allí cagando leches hacia una zona más segura.

—O sea, que tuviste que salir con el rabo entre las piernas —bromeó de nuevo aquel piloto.

—Y qué querías que hiciera, esos cabrones me hubieran abatido como a una perdiz novata.

Los aviadores se echaron a reír con aquel comentario, y entre risas se levantaron de la mesa.

—Se nos ha hecho tardísimo y el capitán estará que se subirá por las paredes... —comentó otro aviador mientras se ponía la gorra y la cazadora de piel.

—Sí, sí, vosotros reíros, pero ya me hubiera gustado veros en mi lugar —replicó el piloto que había contado su aventura aérea, al tiempo que también se levantaba con cara de malas pulgas.

Uno de los pilotos se adelantó hacia nosotros y en voz baja le preguntó a Valentín:

—¿Me has traído el material?

—Claro —le espetó Valentín, poniéndose en pie—, ya sabes que soy muy cumplidor.

Ambos se alejaron hasta un rincón del comedor y, disimuladamente, Valentín le entregó una longaniza. El piloto se la guardó en un bolsillo de la cazadora y, tras mirar que nadie le viera, sacó dos cajetillas de cigarrillos del otro bolsillo y se las pasó bajo mano.

—Eso no es lo que habíamos acordado —se quejó Valentín—. Te dije que eran tres paquetes y no dos, ¿te acuerdas?

El soldado se encogió de hombros y le susurró algo al oído que no logré escuchar. Valentín, no muy satisfecho, regresó a mi lado, me dio una palmada en el hombro y me dijo:

—Vamos, camarada, que todavía tenemos mucho trabajo…

6

Por lo visto los chavales de Barcelona no éramos los únicos en trapichear. Aquella guerra cruel e inútil quizá solo sirvió para que todos nosotros maduráramos tan de prisa como una manzana expuesta las veinticuatro horas al sol.

Nos endurecimos como piedras y no tuvimos más remedio que aprender a sobrevivir en las situaciones más inimaginables. Cada uno lo hizo a su modo; unos escudándose en sus fantasías, otros siendo indiferentes a los sentimientos, y los que más, tirando adelante sin saber exactamente cómo ni por qué.

No hacíamos más que dejarnos arrastrar por el destino, sin tener tiempo de reflexionar ni de digerir lo que estábamos viviendo. En realidad, todo sucedía a tal velocidad que era fácil confundir la realidad con una película que no acabábamos de comprender porque pasaba demasiado rápida ante nuestros ojos.

A veces, nos emocionábamos viendo una hormiga cargando con una semilla, y otras, viendo morir delante de nosotros a alguien que no tenía por qué morir. Pero no siempre era igual, y otro día podíamos presenciar lo mismo sin que nos afectara lo más mínimo.

Valentín no era muy distinto de Xavi ni de mí. Y no sólo por tener nuestra misma edad. Ese muchacho tenía que buscarse la vida a su manera, porque la vida parecía que también se había olvidado de él.

Pero eso no lo comprendí de inmediato. De hecho, no lo comprendí hasta pasados unos días, aunque entonces ya no me sirvió de nada.

Al salir del «Chalet de l'Enric» volvimos al pueblo andando tranquilamente, sin prisa. Valentín no quiso explicarme demasiadas cosas sobre sus trapicheos con el aviador. Aunque no era ninguna novedad puesto que ya había empezado a acostumbrarme a sus vaguedades.

—¿Tú fumas? —le pregunté intrigado por lo que iba a hacer con las dos cajetillas de tabaco.

—A veces… ¿Tú no?

—No, todavía soy muy joven.

—¿Qué edad tienes?

—Once. ¿Y tú?

—Igual, pero ¿a que parezco mayor?

—¿Y vas a fumarte todos los cigarrillos que te dio ese piloto?

—Ni hablar, ese tabaco es mercancía de primera para mis negocios…

—¡Ah…! Pues no sabes la suerte que tenéis en Balaguer; en Barcelona, la gente mataría por conseguir una longaniza como esa y tú vas y la cambias sólo por dos paquetes de cigarrillos.

—Ya…

Como que el tío no soltaba prenda, preferí no entrometerme más y cambié de tema rápidamente.

—Ayer por la mañana, en Lérida, antes de que empezara el bombardeo, vi una cosa increíble. Un camello de verdad andaba tranquilamente por la calle y nadie le hacía el menor caso,

como si fuera la cosa más normal del mundo…
¿Te lo imaginas?

—No debe extrañarte. Cuando yo tenía seis o siete años, un oso gigantesco se escapó de la caravana de unos gitanos, de esos que van de pueblo en pueblo haciendo bailar al oso y acrobacias con una cabra, y el animal apareció por el pueblo paseándose como si tal cosa. Claro que aquí la gente, al verlo, huyó despavorida…

—¿Y qué pasó con el oso?

—Pues que unos cazadores lo abatieron a tiros cerca del río.

—¡Qué pena!

—¿Por qué te da pena?

—¡Jo!, porque los osos son unos animales preciosos. Yo, en Barcelona, siempre le pedía a mi madre que me llevara al zoo para verlos. Me encantan los osos.

—Se nota que eres de ciudad. En los pueblos, todo el mundo los odia. Mi padre me contó que hace años, los osos bajaban algunas veces hasta los pueblos del llano para comerse a las ovejas que venían a pastar en invierno.

—¿Por aquí había osos?

—Yo nunca los he visto, pero mi padre dice que en el Pirineo todavía quedan algunos.

Antes de volver a la plaza Mercadal nos entretuvimos un rato en la calle del Puente mirando cómo los soldados cavaban más trincheras, justo delante del convento de Santo Domingo. Entonces, mientras observábamos cómo trabajaban, Valentín hizo que me fijara en unos soldados que, con los pantalones bajados, se entregaban al noble deporte de despanzurrar piojos.

—Pero ¿por qué lo hacen ahí en medio? —le pregunté extrañado.

—Seguro que hacen apuestas para ver quién mata más... Aquí te mueres de aburrimiento y la gente se divierte como puede. Hasta de los piojos sacamos provecho.

—Venga ya. No me lo creo.

—Pues créetelo. Los piojos normales, los de la cabeza, valen cinco puntos cada uno; las ladillas, diez puntos, y los de la ropa, los *Pendiculus vestimenti*, valen dos puntos.

—¿*Pendiculus* qué...?

—*Vestimenti*.

—¡Ahhh! ¿Y tú por qué entiendes tanto de piojos?

—Pues porque desde que llegaron las tropas, todo el pueblo está invadido de bichitos. Además, miré los nombres en una enciclopedia. El piojo vulgar, se llama *Pendiculus capitis*, las ladillas, esos cabroncejos que se te meten en los huevos, en realidad se llaman *Pendiculus ignalis* y son los más peligrosos.

—¿Y por qué son tan peligrosos?

—Pues porque de tanto rascarte, puedes quedarte estéril...

—Me tomas el pelo, ¿verdad?

—Te lo juro. El cura que había antes de que empezara la guerra, siempre nos decía que si nos toqueteábamos las partes nos quedaríamos estériles.

En Balaguer, aquella mañana hacía un frío insoportable y la gente iba abrigada hasta las cejas. Incluso dentro del café de Pau, los pocos parroquianos que había a esas horas no se habían quitado los abrigos, ni las boinas, que casi todos llevaban puesta.

Nada más entrar, me fijé en un militar que estaba sentado solo a una mesa jugueteando con un lápiz, que movía rítmicamente entre sus dedos. Tenía un aspecto imponente y su uniforme, planchado a la perfección y limpio, todavía le hacía destacar más del resto de soldados que había en el local.

De inmediato, imaginé que se trataba del comandante Armenter y se lo dije a Valentín.

—¡Qué va! Ese es un francés al que todos llaman Malraux y que está aquí para hacer una película sobre la guerra, o algo así…

—¿Y Armenter no está? —pregunté con ansiedad.

—Sí, hombre, sí. Es ese de ahí —replicó, mostrándome a un hombre bastante joven, canijo y de cara chupada, que no paraba de discutir con varios contertulios mientras de mala gana dibujaba algo sobre un mapa que tenía desplegado sobre la mesa.

—¿Ese? —me extrañé, al ver que era tan poca cosa. No sé por qué, me había imaginado que el máximo responsable de la defensa de Balaguer tenía que ser un hombretón hecho y derecho, y no algo tan esmirriado.

Valentín se acercó a la mesa y, tras saludar al oficial, me indicó que me uniera a ellos.

El comandante Armenter, como supe luego, se sentaba diariamente a aquella mesa del café y empezaba a estudiar sobre el plano las mejores posiciones para reordenar a sus hombres y defender mejor así la población. Armenter era hijo de Balaguer y por eso allí le conocía todo el mundo. Cada mañana terminaba discutiendo con los parroquianos, ya que estos generalmente no se amedrentaban y siempre cuestionaban sus estrategias de defensa. Nunca supe si Armenter era militar de carrera o no. Pero lo cierto es que verle borrar tantas veces las posiciones que había marcado en el plano, no infundía demasiada confianza a nadie del pueblo.

—Oye, Armenter... —le interrumpió Valentín—, ¿podemos hablar un momento?

El oficial, visiblemente contrariado por la interrupción, levantó la vista del plano y miró a mi compañero con expresión huraña.

—¿Qué quieres? ¿No ves que estoy ocupado?

Valentín, sin cortarse lo más mínimo, le soltó que necesitaba que nos echara una mano para que pudiera trasladarme a Graus lo antes posible.

El hombre, al oír aquello, abrió los ojos de par en par y le contestó:

—Pero ¿acaso te crees que no tengo nada mejor que hacer?

—Ya sé que estás muy ocupado, pero solo te pido que metas a Manolo en uno de los camiones que van hacia esa zona; ha de reunirse con su familia.

—Pues tendréis que espabilaros por vuestra cuenta; yo no puedo hacer nada para ayudaros. Además, si el alto mando se enterara de que he transportado a un civil en un vehículo militar, se me caería el pelo…

—No tienen por qué enterarse —insistió Valentín.

Armenter se atusó el ridículo bigotillo que le dividía la cara en dos, y volvió a concentrarse en el plano, dando por terminada la conversación.

—Eso no es justo —se quejó el muchacho—. Me debes muchos favores...

Uno de los parroquianos que había en la mesa, intervino.

—Venga, milhombres, no seas tan estricto, no te cuesta nada ayudar al chaval.

Armenter levantó la vista y le lanzó una desafiante mirada al parroquiano.

—¡Queréis dejar de atosigarme! Aquí quien toma las decisiones soy yo.

—¡Joder con el pollo! —exclamó jocosamente aquel hombre—. Pero si aún no hace dos días te meabas en la cama y ahora pretendes que todo el mundo te obedezca sin rechistar...

Armenter se puso rojo de ira y balbuceó:

—Pues os guste o no, aquí quien manda soy yo, y no pienso tolerar ningún desacato. Para eso soy el oficial de mayor rango.

Los parroquianos, sin salir de su asombro, sonrieron maliciosamente y, supongo que para no echar más leña al fuego, se quedaron mudos en el acto. Saltaba a la vista que ninguno de los presentes se tomaba demasiado en serio a aquel pobre individuo que tan obsesionado estaba por defender su pueblo a capa y espada.

Valentín, absolutamente indignado, se levantó de golpe y tiró de mí para que lo siguiera.

—Venga, Manolo, larguémonos de aquí. Con este cagueta estamos perdiendo el tiempo. Lo mejor será que hablemos con los rusos, esos por lo menos tienen más agallas….

Al salir, Valentín me contó que los rusos eran los aviadores que pilotaban los Mosquitos y que esos aviones eran muy difíciles de manejar a causa de su reducido tamaño, lo que les proporcionaba escasa estabilidad en el aire. Al parecer, los pilotos rusos eran muy diestros en su manejo y muchos días, al despegar o antes de tomar tierra, se divertían haciendo acrobacias encima de Balaguer.

Se alojaban en la fonda España, en la misma plaza Mercadal, y no salían mucho a la calle ya que apenas hablaban español. Por eso tampoco se unían a los pilotos españoles de las escuadrillas de Natachas y siempre que salían iban solos, en uno o dos grupos. Según Valentín, tenían un aspecto muy impresionante y la gente se volvía a su paso para mirarlos. Me contó que siempre andaban vestidos impecablemente con sus trajes de piloto —chaqueta, pantalón con polainas y casco en la mano—, todo de cuero negro.

Por suerte, Valentín era amigo de uno que hablaba bastante bien nuestra lengua y fue directamente a su encuentro. Lo hallamos junto al resto de la escuadrilla, sentado a una de las mesas de la fonda. El hombre, un tipejo bastante rudo y mal afeitado, estaba peleándose con una de sus botas a la que se le había despegado la suela.

Sus colegas no paraban de reírse de él, y a Valentín le faltó tiempo para preguntarle por qué estaba tan enojado y por qué sus compañeros se burlaban de él.

El ruso, de malos modos, le explicó que se le había roto la bota del uniforme y que en esas condiciones no podía volar. Que volar con una bota rota traía mala suerte y que sus camaradas no compartían esas supersticiones.

Valentín prefirió no perder el tiempo con aquellas tonterías y fue directo al grano. Le explicó que yo tenía que ir con urgencia hacia el norte y le pidió que me llevara en algún vuelo de reconocimiento de los que hacían a diario.

El hombre soltó una carcajada y, mirando con sorna a sus compañeros, les dijo algo en su idioma, de lo que, naturalmente, yo no entendí un carajo.

Entonces, Valentín sacó de su bolsillo la otra longaniza y se la dio antes de que el ruso pudiera contestar a su demanda.

—Toma, lo que me pediste, y esta vez te la regalo.

—¡*Spasíba*, camarada! Pero *ahoga* lo que necesito es una *boto* nueva, no chorizo.

Y entonces fue cuando intervine yo. De repente, se me había ocurrido un modo de convencer al ruso para que me llevara.

—Y si te arreglo la bota, ¿me llevarás?

El hombre me miró extrañado.

—¿Tú puedes arreglar mi *boto*?

—Si me consigues puntas, un martillo y un poco de cola, te la dejo como nueva.

Naturalmente, de algo tenía que servirme ser hijo de un zapatero remendón.

Al mediodía, volvimos a casa de Valentín y su abuela nos sirvió un banquete que jamás olvidaré. Supongo que la buena mujer pensaba que yo debía de estar famélico y medio tísico, puesto que nos cebó como cerdos. La verdad es que yo hacía más de un año que no comía tanto ni tan bueno. Por eso, después de comer me entró un sopor insoportable y me quedé profundamente dormido, con la satisfacción de saber que todo iba sobre ruedas.

La jugada con el piloto ruso había funcionado a la perfección, y el hombre se comprometió a llevarme lo más cerca posible de Graus. Lo cierto es que yo le había hecho un trabajo de primera y dejé su dichosa bota como nueva. Con un pedazo de neumático que corté de los restos de una rueda de camión, le hice una media suela, la encolé, y luego la rematé bien con las puntas. El pobre hombre estaba tan agradecido que, sin necesidad de que le insistiera, aceptó llevarme a la mañana siguiente.

Cuando abrí los ojos eran pasadas las seis de la tarde y Valentín estaba con un cabreo enorme.

—Llevo más de media hora intentando despertarte y no había forma humana de hacerlo. Vamos, espabila.

Y como ocurría siempre con Valentín, salimos pitando hacia el convento franciscano de Santo Domingo, que estaba a la salida del Pont Vell. De camino, me explicó que allí se alojaba el Batallón de Infantería de Aviación, y creí que íbamos por algún asunto de negocios. Pero me equivoqué. De pronto, vi aparecer al batallón entero desfilando al compás de la marcha militar, que interpretaba una banda de músicos al completo. Valentín empezó a tararearla y entonces entendí por qué habíamos ido allí. El muchacho era un entusiasta de las marchas militares y, por lo que me contó más tarde, aquella la había aprendido de memoria, porque la banda la repetía una y otra vez, pues no se sabían ninguna más.

Cuando Valentín me sacó de la cama todavía estaba muy oscuro. Aquella noche yo había dormido muy poco porque, al acostarme, me desvelé pensando en mi madre.

Medio sonámbulo, me puse las botas, el jersey y el abrigo, y me lavé la cara con el agua que había en una jofaina de porcelana que la abuela de Valentín me llevó a la habitación antes de que me acostara.

Ante mi sorpresa, el muchacho me había preparado un tazón de leche caliente y un paquete con algo de embutidos y pan para el viaje.

—Toma —dijo dándome la cazadora de piel que guardaba en la bodega—. Tú la necesitas más que yo. En el Pirineo debe de hacer mucho frío, y me temo que tu abrigo no te servirá de mucho.

Mentiría si dijera que no me emocioné muchísimo y que tuve que hacer verdaderos esfuerzos para no llorar. Valentín tenía un gran corazón y demostró ser la persona más generosa que jamás había conocido.

—Y date prisa, el aeródromo está a cuatro kilómetros y hemos de ir andando.

Entonces, no pude más y se lo dije:

—¿Sabes que siempre dices lo mismo, camarada? Desde que te conozco, todo lo haces de prisa y corriendo. Es como si algo te pinchara en el trasero y tuvieras que salir cagando leches. ¿No paras nunca?

Valentin se echó a reír y me abrazó.

—Te envidio —añadió con un hilo de voz.

—¿Por qué? —me extrañé.

—No preguntes tanto, ¿vale?

Y esa es la imagen que guardo en mi memoria de Valentín. Un chaval listo como el hambre, generoso como pocos, que iba por la vida de un lado a otro corriendo como un desesperado, y al que no le gustaba demasiado dar explicaciones.

Al salir a la calle, el frío me azotó el rostro e instintivamente me levanté las solapas del abrigo para cubrirme. Todo estaba aún a oscuras y no se oía el menor ruido en el pueblo. Levanté los ojos y vi que el cielo estaba cubierto por un tupido manto de tinieblas; pensé que todavía debía de faltar bastante para el amanecer.

Echamos a andar y nuestros pasos resonaban rítmicamente en mitad de tanta quietud. Valentín iba junto a mí, en silencio, como si le doliera mi partida.

En un abrir y cerrar de ojos dejamos el pueblo atrás, y yo no me volví en ningún momento para verlo por última vez. Prefería recordarlo de día, con la banda de música y el batallón de aviación desfilando con orgullo por sus calles, aparentemente ajenos a lo que se avecinaba.

Caminamos casi una hora, y durante el trayecto apenas si abrimos la boca. Alguna que otra vez, Valentín me hacía algún comentario acerca de los lugares por los que pasábamos, pero estaba claro que ninguno de los dos tenía ganas de hablar. A ambos nos dolía separarnos.

Cuando finalmente llegamos a las inmediaciones del aeródromo, una tímida luminosidad, casi imperceptible, asomaba en el horizonte. En el campo de aterrizaje se podían vislumbrar unas oscuras masas, apenas definidas, que imaginé serían los aviones, aquellos fabulosos aparatos capaces de volar a velocidades de ensueño pero que en aquel momento parecían animales antediluvianos durmiendo apaciblemente.

A medida que fuimos acercándonos, el alba empezó a clarear y las siluetas de los hangares y

los barracones fueron cobrando forma y defi-
niéndose ante nuestros ojos. Lo mismo que los
aviones que, por arte de magia, estaban reco-
brando su aspecto majestuoso y empezaban a
brillar bajo los tenues efectos de los primeros
rayos del sol.

Cuando nos disponíamos a entrar en la pista
de aterrizaje, el rugido del motor de un vehículo
nos hizo volver la cabeza de golpe. Una destartala-
da furgoneta, con los faros apagados, venía directamente hacia nosotros pegando botes y dejando tras
de sí una estela de polvo de color rosado.

Entonces, de detrás de la ermita que había en
la explanada, aparecieron dos soldados cubiertos
con mantas, que, al vernos, nos apuntaron de
inmediato con sus fusiles.

—¡Santo y seña! —gritaron, visiblemente ner-
viosos.

Pero antes de que pudiéramos explicar nuestra
presencia allí, Anatoli, el piloto que iba a llevarme
consigo, descendió de la furgoneta y avanzó rápido
hacia nosotros. Cruzó unas palabras con los centi-
nelas y estos bajaron las armas y volvieron a la

ermita, donde seguramente estaban echando una cabezada.

—¿*Prepagado paga tu bautismo en el aige?* —me preguntó Anatoli cogiéndome amigablemente por el hombro.

—Preparado —repuse con aplomo.

Entonces Valentín se aproximó y me tendió la mano, emocionado.

—Bueno, camarada, creo que ha llegado la hora de despedirnos…

Yo le di un apretón, pero inmediatamente me lancé a sus brazos y ambos nos estrechamos en un fuerte abrazo. Entonces, metí la mano en el bolsillo de mi abrigo y le di el soldadito de plomo que le había cogido al militar muerto.

—Toma —le dije, con un hilo de voz—. Es todo lo que puedo regalarte…

Valentín se sonó los mocos con la manga de su abrigo y cogió mi regalo muy conmovido. De pronto, al mirar el soldadito, su rostro cambió y levantó la vista para mirarme.

—¿Qué es esto? ¿De dónde lo has sacado?

Al principio no comprendí por qué me hacía aquella pregunta ni por qué su rostro se había puesto lívido al ver el soldadito de plomo.

—Qué importa. Te lo regalo.

Pero Valentín no apartaba sus ojos de mí mientras sujetaba el soldado con fuerza.

—Dime de dónde lo has sacado, por favor... Necesito saberlo...

Los ojos se le habían humedecido y aquello me impresionó mucho. Le pasara lo que le pasase, era evidente que la clave estaba en aquel juguete.

—Me lo encontré antes de llegar a Balaguer...

—¿Dónde? —insisitió muy angustiado—. ¿Dónde lo encontraste?

—No sé exactamente dónde, pero fue cerca de una granja, a unos quince kilómetros de aquí... Un soldado muerto lo tenía en su mano...

Valentín, con una expresión de dolor horrible en el rostro, balbuceó:

—¿Un soldado muerto...? ¿Y cómo era ese soldado?

—Joven —añadí con un temblor incontrolado que me sacudió de los pies a la cabeza. De golpe había empezado a comprender—. Muy joven, supongo que tenía quince o dieciséis años. ¿Por qué?

Valentín clavó sus ojos en mí y añadió:

—Porque este soldadito era mío. Se lo regalé a mi hermano cuando se marchó al frente.

—Imagino que soldaditos así hay muchos —repliqué con ánimo de tranquilizarlo—. Y seguro que todos son idénticos...

—Ya... pero a este, yo mismo, sin querer, le rompí la mano derecha, ¿ves?... —replicó mostrándome el juguete.

—¿Y cuántos años tiene tu hermano? —añadí a la desesperada.

—Diecisiete, aunque parece que tenga catorce o quince...

Entonces el ruido de las hélices y el rugido del motor del avión taparon nuestras palabras y Anatoli, gritando a pleno pulmón, me llamó desde la cabina para que subiera en seguida.

—¡Vamos muchacho, está amaneciendo y tengo que *despegagr*!

Valentín reaccionó antes que yo y volvió a darme otro abrazo. Luego, bruscamente, me empujó y añadió:

—Venga, lárgate de una vez… No soporto las despedidas…

Yo no podía dejarle de aquel modo y mis pies se negaban a moverse.

—¡Lárgate, coño, lárgate! —me gritó empujándome de nuevo con todas sus fuerzas. Y entonces, algo en mi cerebro hizo clic y me di la vuelta. Miré al avión y entendí que tenía que irme y que quedarme no serviría de nada. Me volví de nuevo, miré a Valentín y me despedí saludándole con la mano.

Rápidamente, eché a correr, salté dentro del avión y Anatoli, sin darme tiempo a arrepentirme, movió unas palancas y el aparato empezó a rodar por la pista.

Recuerdo que el sol ya despuntaba bastante alto en el horizonte y entonces intuí que en aquellos instantes empezaba para mí algo más que un nuevo día.

7

No sé si estaba cagado de miedo o si era por la emoción que sentí al notar que el avión despegaba y que nos elevábamos rápidamente dejando la tierra a nuestros pies. En cualquier caso, yo tenía un nudo en la boca del estómago y no podía apartar la vista del tablero de instrumentos ni del volante de inclinación, que Anatoli manejaba con gran soltura. El tembleque que había en la cabina era tan exagerado que yo creí que el avión se iba a desmontar en cualquier momento y que saldríamos disparados de allí.

Por suerte, poco a poco, me fui acostumbrando y cuando finalmente me atreví a mirar hacia abajo, Valentín y el aeródromo ya no estaban a la vista.

Ni en sueños hubiera podido imaginar la sensación que sentía al estar volando. Desde allá arriba, el mundo tenía otro sentido y yo lo contemplaba como si acabara de descubrirlo en aquellos instantes y ni tan siquiera formara parte de él. Como si de repente me hubiera convertido en un águila majestuosa.

Sobrevolamos Balaguer y enfilamos en línea recta hacia Benabarre.

Tras unos pocos minutos, Anatoli me señaló a lo lejos una línea de agua: el río Farfanya. Entonces comenzamos a ganar altura y a medida que avanzábamos, yo veía a mis pies aquel inmenso territorio y cómo iba cambiando de color cada vez que atravesábamos paisajes distintos. Lo que me hizo pensar que la naturaleza no tenía nada que ver con lo que veíamos en los mapas de la escuela. Aquellos valles, bosques y llanos, desde aquella altura, eran mucho más increíbles de lo que jamás hubiera soñado.

De pronto, nos vimos pasando sobre una nube baja que parecía un enorme campo de algodón de purísimo color blanco; eso me hizo sentir como si estuviera en la antesala del paraíso.

Luego, Anatoli me señaló otra franja de agua bastante ancha que se abría a nuestros pies. Era el pantano de Santa Ana, lo cual, me explicó, significaba que estábamos sobrevolando el río Noguera Ribagorzana y que nos encontrábamos muy cerca del frente. Inmediatamente, sentí que nos hallábamos en peligro, que las baterías antiaéreas nos descubrirían y que empezarían a dispararnos de un momento a otro.

Pero Anatoli, al ver que estaba tan acojonado, trató de tranquilizarme y me contó que, el día antes, el enemigo había tenido que detener su avance cerca de Estada y Estadilla, y que estos pueblos se encontraban a más de veinte kilómetros de donde nos hallábamos. Al parecer, nuestro ejército había abierto las compuertas del embalse del Grado y el nivel de las aguas del Cinca aumentó considerablemente, demorando con ello el avance de la 61 División, que tuvo que cruzar el río con el agua más arriba de la cintura.

Eso no me tranquilizó demasiado y durante un buen rato no pude apartar los ojos de aquella zona intentando ver a las tropas enemigas. Veinte kilómetros no era mucha distancia y me costaba comprender cómo Anatoli podía tener aquella sangre fría.

También me extrañó muchísimo que durante todo el vuelo no viéramos movimiento de tropas ni de civiles por ningún lado. La zona parecía absolutamente desierta.

Claro que luego supe que, ante el avance enemigo, había empezado la evacuación de la población civil de la ribera del Cinca, y que dos batallones de la 43 División tuvieron que replegarse hasta Naval y sus alrededores, con ánimo de retrasar todo lo posible a los nacionales y, de esta manera, proteger la salida hacia Boltaña del resto de la división. Se sabía que el enemigo quería llegar a toda costa a la central hidroeléctrica de Lafortunada, en la ribera del Cinca, para restablecer la línea que suministraba electricidad a los Altos Hornos de Bilbao y para que éstos pudieran reemprender con normalidad la fabricación de material bélico.

Pronto dejamos atrás Benabarre, y a lo lejos empezamos a divisar varios pueblos. Anatoli me explicó que el más cercano era Torres del Obispo, y que Graus era el que estaba al fondo, a unos kilómetros de distancia, pero que él no podía aproximarse tanto.

Entonces, dimos un par de pasadas buscando un lugar adecuado para intentar el aterrizaje y, por suerte, descubrimos que a nuestra izquierda se abría un llano lo suficientemente grande como para probarlo.

Anatoli empezó a maniobrar con rapidez para tomar tierra y yo, al notar que las ruedas del avión por fin chocaban contra el suelo, respiré aliviado. Habíamos hecho todo el trayecto sin ningún percance y de repente me sentí más animado, pues cada vez estaba más cerca del pueblo de mi padre.

—*Ahoga*, no te hagas el valiente, y ándate con mucho cuidado —me dijo mientras yo saltaba fuera de la cabina—. A partir de aquí el camino puede ser muy peligroso... Recuerda que los *fachistas* están muy cerca...

Me quedé mirando hasta que el avión volvió a elevarse. Entonces, Anatoli me saludó con el puño en alto como si yo fuera un compañero de armas, y eché a andar hacia Torres del Obispo siguiendo sus indicaciones.

El camino rodeaba una pequeña ermita y seguía adentrándose por un valle surcado por numerosos senderos que comunicaban las poblaciones de aquella zona entre sí. En menos de media hora divisé un montículo donde se apiñaban unas pocas casas y la silueta de los restos de una torre fortificada al fondo. Por fuerza tenía que ser Torres del Obispo.

A medida que me aproximaba, me pareció distinguir que una carretera discurría paralela a un riachuelo y que pasaba por dentro del pueblo. Imaginé que si la tomaba, me resultaría más fácil encontrar algún medio de transporte que pudiera acercarme a Graus.

Para llegar hasta allí, descendí la ladera a campo traviesa y tras caerme un par de veces por culpa de la pendiente, que era muy pronunciada, llegué al riachuelo completamente exhausto. Para cruzarlo, no tuve más remedio que quitarme las botas y los pantalones y meterme en el agua. Al hacerlo, casi se me congelan los pies, ya que aquellas aguas estaban completamente heladas.

Una vez en la otra orilla, me froté bien los pies y empecé a vestirme a toda prisa porque no paraba de temblar. Entonces, oí unas voces y al volverme vi que una pareja de novios y una mula se aproximaban tranquilamente hacia donde yo estaba. La mujer, muy joven y guapa, llevaba el característico traje de boda blanco e iba sentada a lomos del animal, que también iba por completo engalanado. El novio, impecablemente vestido de negro, andaba muy erguido, llevando las riendas del mulo, unos pasos por delante.

Me contaron que eran de Aler, un pueblo vecino, y que iban a Torres del Obispo para casarse pues en su pueblo no había alcalde y por tanto no podían celebrarse bodas civiles.

Recuerdo que me llamó la atención el velo de novia porque era larguísimo, le caía por la espalda y lo arrastraba por el suelo.

Hicimos el camino juntos y aquel hombre me contó que era pastor y que después de la boda iban a celebrar una fiesta por todo lo alto, con la orquesta de Campo en la que su hermano tocaba el trombón.

A medida que nos acercábamos al pueblo, empecé a ver varias torres de vigilancia, construidas en madera, y algunas eras rodeadas por alambradas. Aquello me inquietó bastante y les pregunté a los novios. Entonces, el hombre me explicó que eran campos de prisioneros, y que en Torres del Obispo había un batallón disciplinario. Que a principios de la guerra habían traído a centenares de prisioneros para trabajar en la construcción de la carretera de Torres al pantano de Barasona y que las eras altas, los pajares y las cuadras habían sido habilitados como barracones para albergar a los presos. También me explicaron que los oficiales republicanos se alojaban en casas particulares y que por eso la población parecía estar completamente tomada por el ejército.

Un camión militar nos apartó de la calzada haciendo sonar el claxon insistentemente. Al rebasarnos, los soldados que iban apelotonados en la parte trasera empezaron a dar vítores a los novios y la mujer, emocionadísima, les lanzó varios besos con la mano.

Cuando finalmente llegamos a Torres del Obispo, nos despedimos y la pareja se encaminó decidida hacia el edificio del ayuntamiento.

Durante unos minutos deambulé por las calles vacías y, al llegar a la plaza Mayor, me encontré con la iglesia convertida en un garaje, y vi que unos soldados estaban descansando en el suelo, junto a un camión. Iban cargados con todo su avituallamiento, y algunos se cubrían con una manta echada sobre los hombros. Era evidente que estaban a punto de partir.

Me acerqué decidido, y al primero que me salió al paso le pregunté directamente hacia dónde iban. El hombre, un cabo bajito y mal afeitado, bizco como un condenado, tras escupir al suelo me miró con desprecio de arriba abajo y me respondió:

—Al infierno, chiquillo, al infierno...

Naturalmente, aquella respuesta me sirvió de bien poco y por eso insistí de nuevo.

—Necesito llegar cuanto antes a Graus, ¿vais hacia allí?

Aquel hombre me miró de nuevo y respondió:

—Me parece que sí, aunque eso nunca se sabe. Aquí las órdenes cambian a cada minuto...

—¿Y podríais llevarme?

—Eso se lo tendrás que preguntar al teniente, pero todavía no ha llegado. Imagino que aún debe de estar en su casa durmiendo…

—¿Y cuál es su casa?

Supongo que aquel hombre me vio tan decidido que, finalmente, tras pensárselo unos segundos, me indicó dónde podía encontrar al oficial al mando.

—¡Pero no lo cabrees, el teniente tiene muy mala leche!

Entonces eché a andar hacia la casa en la que vivía el oficial, y al llegar me encontré con la puerta de la calle medio entornada. Entré decidido, sin llamar, y recorrí algunas estancias que estaban vacías. Luego, me dirigí a la cocina y allí descubrí a un oficial, de aspecto huraño, que estaba sentado en un banco de madera con los pies dentro de un barreño de agua y mirando fijamente dos bombas de mano que había sobre la mesa. El hombre, al verme, ni se inmutó, y como si fuera la cosa más normal del mundo me espetó:

—¿Me has traído el chorizo que le encargué a Paquito…?

—No… —balbuceé desconcertado y sin saber muy bien qué decir.

—¡Pues cojonudo! Ya veo que aún tendré que marcharme con las manos vacías… ¡Ah! Y dile a tu primo que muchas gracias por acordarse de mí…

—Creo que se confunde. Yo no tengo ningún primo…

—¡Ah, no! ¿Y quién carajo eres tú?

—Me llamo Manolo y acabo de llegar al pueblo…

—Pues buen momento has elegido —replicó sacando los pies del barreño—. Con un poco de suerte aún verás entrar a los moros…

Y mientras se secaba los pies, me contó que los nacionales estaban a punto de tomar el pueblo, y que si yo era listo, tenía que largarme pitando de allí.

—Para eso precisamente he venido a verle —repuse con decisión—. Me han dicho que sale un camión con tropas hacia Graus, y quería pedirle que me llevaran con ustedes.

El oficial se me quedó mirando con sorna y exclamó:

—¡Joder con el crío! Primero me dejas sin el chorizo y ahora quieres que te lleve conmigo. ¿Estás de guasa o qué?

—No, señor. Mi familia me espera en Espés y no tengo con qué ir...

—Ya... —dijo, y sin agregar palabra empezó a ponerse las botas. Luego salió de la cocina y al rato volvió cargado de ropa, mapas y hasta de una pistola; todo lo desparramó sobre la mesa, junto a las bombas de mano.

Yo, al ver que metía sus cosas en un petate sin darme una respuesta, volví a pedirle, y casi le rogué que me dejara ir en el camión. Entonces, él me miró muy serio y me espetó:

—Si quieres ganarte el viaje, podrías empezar por echarme una mano con todo esto, ¿no? —Y sin darme tiempo a agradecérselo, agregó—: Pásame las granadas. Vamos... tienen el seguro puesto.

Finalmente, salimos de la casa. Yo llevaba su petate a cuestas, y puedo asegurar que pesaba como un muerto. Cuando llegamos al camión, me hicieron subir en la parte trasera con los soldados y el teniente tomó asiento junto al conductor. En cuanto partimos me acerqué a la cabina y me apoyé sobre el techo, para tener mejor visión del camino.

Poco después, empezamos a descender por una carretera angosta y estrecha que bordeaba un rocoso barranco por el que discurría un caudaloso riachuelo de aguas cristalinas. Luego, seguimos por un tramo de serpenteantes curvas, y a los pocos minutos oí que el teniente y el conductor habían empezado a discutir. Al parecer, el conductor quería desviarse por alguna de las sendas que surcaban el valle, temiendo que pudiéramos ser localizados por la aviación enemiga. El teniente, en cambio, no estaba dispuesto a desviarse lo más mínimo ya que quería llegar cuanto antes a su destino.

Entonces el camión empezó a zigzaguear de mala manera a causa, supongo, del pésimo estado del empedrado, y en una de estas, estuvimos a punto de salirnos de la carretera. Por suerte yo iba cogido a la barra que había detrás de la cabina y pude mantener el equilibrio.

Supongo que a raíz de tantos bandazos y de las maniobras bruscas que veníamos dando, el radiador empezó a echar humo como una locomotora sin que nadie le diera importancia. Entonces, preocupado, golpeé con el puño el techo de la cabina y el teniente asomó la cabeza por la ventanilla. Inmediatamente, señalé el humo que salía del capó y a regañadientes le ordenó al chófer que se detuviera.

De inmediato, bajamos todos del camión y el chófer, en medio de una gran humareda, se apresuró a levantar el capó para ver qué sucedía.

—El radiador se ha quedado sin una puñetera gota de agua y ahora tendremos que esperar a que se enfríe para llenarlo de nuevo... —maldijo muy contrariado.

Los soldados, que habían hecho todo el trayecto en silencio y visiblemente desmoralizados, fueron sentándose en la cuneta de la carretera. Unos aprovecharon para liarse un cigarrillo y otros, muertos de frío, procuraban taparse bien con las mantas que no se habían quitado de los hombros en todo el trayecto.

El teniente, al ver la actitud de sus hombres, empezó a gritarles que se pusieran en pie y les obligó a empujar el camión para sacarlo de en medio de la carretera y esconderlo junto a una arboleda.

Los hombres, de muy mala gana, empezaron a empujar aquel armatoste, que debía de pesar algunas toneladas y, por fin, después de muchos esfuerzos, lograron arrastrarlo un centenar de metros y ponerlo a cubierto, bajo unos árboles, completamente exhaustos.

Mientras esperábamos a que se enfriara el radiador, el teniente mandó a tres de sus hombres a que fueran por agua y estos, tras recoger las cantimploras del resto de soldados, se marcharon hacia el riachuelo para llenarlas. Yo aproveché aquel lapso para engrasarme las botas con el betún que me prestó un soldado que mataba el tiempo lustrándose las suyas. Aquellas botas eran el único regalo que conservaba de mi padre. Me las había hecho él mismo y me las regaló el día en que cumplí diez años. Desde entonces, las había guardado celosamente y, al salir de Barcelona, me las puse por primera vez.

Mientras intentaba darles lustre con un trapo, mis ojos estaban fijos en los rostros de aquellos soldados que llevaban escrita la derrota en el semblante. Sabía que las noticias sobre el frente cada vez eran más alarmantes y yo, aunque intentara disimularlo, también empezaba a estar muy preocupado por el rumbo que tomaba la guerra.

Mi padre había perdido la vida luchando en el bando republicano, Cataluña era republicana, mi madre, aunque muy religiosa, también era republicana... ¿Acaso significaba eso que yo, como los soldados, también era republicano...? Si he de ser sincero, en aquellos momentos yo no tenía respuestas para eso. A duras penas lograba comprender por qué había estallado la guerra, y lo único que sabía era que la aviación, día sí, día no, bombardeaba salvajemente mi ciudad y mi casa, y que las bombas mataban a personas que no luchaban en ningún bando. Por qué lo hacían era algo que escapaba a mi entendimiento. De todos modos, no podía ignorar lo que sucedía a mi alrededor y eso quería decir que era plenamente consciente de que estaba en la zona republicana, que el enemigo estaba rompiendo nuestras defensas y que, día a día, iban tomando pueblos y ciudades, dejando tras de sí miles de muertos e infinidad de familias sumidas en el desamparo más absoluto. Y aquello, no nos engañemos, me tenía completamente aterrorizado.

A pesar de todo, intentaba conservar la esperanza, mantener el tipo, pero mi situación era tan desesperada, que me resultaba prácticamente imposible no echar de menos a mi madre y, sobre todo, alejar de mí la angustiosa incertidumbre que me embargaba prácticamente las veinticuatro horas del día.

Pero tenía que seguir adelante. Dios me lo había puesto difícil, aunque al mismo tiempo me había dado la fuerza necesaria para no derrumbarme, y yo no podía desaprovechar ese don echándome a llorar como una criatura incapaz de valerse por sí misma. Mientras me quedara un soplo de vida, tenía la obligación de no desfallecer y de continuar hasta que mi madre y yo volviéramos a reunirnos.

El teniente dio una calada a su cigarrillo y se quedó mirándome pensativamente.

—Sabes una cosa, chaval, si salimos bien parados de esta, un día volveré por estas tierras y me haré pastor de ovejas… He perdido a toda mi familia, estamos perdiendo la guerra y, cuando todo esto termine, lo más probable es que me espere un pelotón de fusilamiento o un campo de prisioneros. Hasta no hace mucho, cuando empezamos a construir la carretera, me sostenía la ilusión de un ideal. Me autoconvencía de que el precio que estaba pagando valía la pena. Pero ahora, qué quieres que te diga... La verdad es que lo único bueno que hemos hecho por este pueblo ha sido traer algunos presos que han terminado casándose con chicas de aquí. Creo que hemos tenido más casamientos entre presos y chicas de Torres, que kilómetros de carretera construidos. Solo hubiera faltado que se casara el cura que había en el batallón disciplinario.

—¿Quééé...? —exclamé sorprendido.

—Sí, chico, sí. Uno de los presos era cura. Claro que eso sólo lo sabíamos él y yo. Si lo llegan a saber los demás, su vida hubiera estado en peligro, ya que aquí liquidaron a todos los curas cuando empezó la guerra. Hubieras tenido que verle. El tipo, con tal de no levantar sospechas, incluso cortejaba a las mozas cuando iban a la fuente.

—¿Y qué fue de él?

—No tengo ni idea. Hace semanas recibí orden de trasladar a los presos a otro destino y supongo que estará con los demás... Ten en cuenta que en Torres del Obispo prácticamente sólo quedan cuatro gatos. La gente hace semanas que huyó hacia zonas más seguras...

Estábamos en plena conversación, cuando se nos acercó el chófer y dirigiéndose al teniente dijo:

—Oiga, mi teniente, ¿no deberían haber vuelto los que han ido a buscar agua?

—¿Cuánto hace que se fueron? —preguntó el oficial, extrañado.

—Más de tres cuartos de hora. El motor ya está completamente frío.

El teniente apagó la colilla del cigarrillo pisándola con la punta de la bota y se puso en pie.

—¡Sargento! —bramó—. ¡Sargentooo!

El bizco apareció corriendo como si fuera a apagar un incendio, se cuadró frente al teniente y dijo:

—A sus órdenes, mi teniente.

—Déjese de mariconadas, que no estamos en ningún desfile, y salga pitando a ver qué pasa con la gente que fue a por el agua.

—A la orden, señor —obedeció el sargento; se dio media vuelta y salió como una bala en dirección al río.

El teniente meneó la cabeza con impotencia, y me dijo:

—A veces pienso que los fascistas no están ganando esta guerra, nosotros la estamos perdiendo...

Entonces dio una patada a una piedra y echó a andar hacia el camión murmurando algo en voz baja.

Unos minutos después, el bizco volvió casi sin aliento y con el semblante completamente desencajado.

—No están, mi teniente...

—¿Quiénes no están?

—Los soldados, mi teniente. En el río no hay nadie. Se han esfumado...

—¿Cómo que se han esfumado?

—Lo que le digo. Allí sólo estaban las cantimploras, y encima todavía están vacías...

—¿Seguro que ha mirado bien? Igual están más abajo...

—He mirado perfectamente, mi teniente. Tengo muy buena vista.

El teniente le miró directo a los ojos y añadió:

—Ya se nota, sargento, ya se nota...

—¿Cree usted que esos cabrones son capaces de haber desertado?

—No me extrañaría lo más mínimo. ¿Usted qué opina?

—Pues que si han desertado, no pueden estar muy lejos... Con su permiso, cojo un par de hombres y salgo en su busca.

—¿Y para qué, sargento?, ¿acaso cree que querrán volver?

—Claro que no, mi teniente. Pero si los encuentro, los fusilo ahí mismo...

—Mejor será que guarde la munición para cuando la necesite de verdad. De esos desgraciados ya se ocuparán los fachas... ¿No le parece?

El bizco resopló como una lechuza y bajando la vista visiblemente contrariado, añadió:

—Lo que usted ordene, mi teniente. Lo que usted ordene…

—Pues ande, coja a dos hombres que no quieran desertar y tráigame esa agua cagando leches. Bastante tiempo hemos perdido ya…

Aquel pobre diablo señaló a dos soldados con el dedo y se los llevó a buscar el agua para el radiador.

Media hora después, volvíamos a la carretera, y el ánimo de los soldados estaba muy bajo. La deserción de tres compañeros todavía los había desmoralizado más y apenas si hablaban entre ellos. Ahora, en la parte trasera del camión sólo quedan nueve hombres, el sargento bizco y yo. Había un par de soldados muy parecidos entre ellos, por lo que deduje que serían hermanos, que de vez en cuando dejaban de mirarse los pies y hablaban en voz baja, como si estuvieran planeando algo. Entonces, el sargento les echó una buena bronca y los hizo sentar separados, como si fueran criaturas del colegio, lo cual provocó la risa más o menos disimulada de los demás.

Otro de los soldados, que iba sentado al final del banco de enfrente, se había puesto a hacer una

serie de animalitos de papel con una hoja de periódico y a medida que los iba acabando, los guardaba en una caja de lata que tenía a su lado. Me llamó
la atención la habilidad y la rapidez con que los
hacía. En un momento dado levantó la vista y, al
ver que lo observaba tan interesado, me dijo que
los hacía para regalárselos a su hijo cuando todo
aquello terminara.

Entonces, volví a ponerme en pie y me sujeté
a la barra de la cabina, ya que sentado en el banco
no paraba de dar botes todo el rato a causa del mal
estado del camino. Observé la posición del sol y
supuse que íbamos hacia el norte, y que Graus no
debía de quedar demasiado lejos. El aire frío me
azotaba el rostro, pero aquella sensación me resultaba agradable pues me hacía sentir libre y a salvo.

Al cabo de unos minutos, divisamos las ruinas
de una antigua muralla que rodeaba un pueblo
perdido en lo alto de una colina, y un poco más
adelante pasamos cerca de una ermita que tenía
todo el aspecto de haber sido incendiada.

Luego, durante un buen rato avanzamos bordeando algunos campos y de nuevo volvimos a

retomar un tramo mucho más angosto y serpenteante, que descendía por un estrecho barranco de gigantescas moles de roca.

El camión había empezado a dar unas sacudidas impresionantes y un soldado, temiendo que pudiera caerme encima de él, me pegó un grito, ordenándome que me sentara.

—¡Siéntate, coño!

Era evidente que aquellos hombres no disfrutaban del viaje y que eran incapaces de comprender mi entusiasmo ante aquellos paisajes de exuberante belleza.

Entonces fui a sentarme junto al soldado que hacía los animalitos de papel y que amablemente me hizo un lugar a su lado.

—¿Por qué todo el mundo está de tan mal humor? —le pregunté extrañado, sin entender la actitud de aquellos hombres.

—Tienes que comprender que estamos todos muy quemados. Algunos llevamos dos años sin ver a nuestras familias y la mayoría no hemos disfrutado de un solo día de permiso. Desde que empezó la guerra nos destinaron a Torres del

Obispo para custodiar a más de quinientos presos y eso no ha servido para nada. Ni hemos terminado la carretera que teníamos que construir, ni estamos ganando la guerra... Además, últimamente ni siquiera se nos informa con claridad de la situación en el frente para que no decaiga nuestra moral... Suerte que algunos civiles nos tienen al día y por eso sabemos que ayer las fuerzas de la 31 División y parte de la población civil que había quedado aislada en la cuenca del río Ésera, intentaron huir por el puerto de Benasque hacia Francia... Y ten en cuenta que no se trata de unos pocos que han aflojado, sino todo lo contrario, estamos hablando de unos cuantos miles que están tan desesperados que ni siquiera temen morir congelados ahí arriba...

—Y, ¿vosotros también estáis huyendo...?

—¡Qué va! A nosotros el alto mando nos envía a recuperar unas obras de arte... ¿Te lo imaginas...?

—¿Unas obras de arte? —pregunté extrañado.

—Parece ser que en Roda de Isábena se guardaba un tesoro artístico de gran valor, que al principio de la guerra fue saqueado completamente tras el incendio del monasterio. Pero hace poco llegaron noticias de que todavía quedan algunos objetos muy valiosos, y el gobierno quiere ahora que los recuperemos al precio que sea… ¡Ya me dirás a quién coño le importa en estos momentos unas imágenes de santos y una silla…!

—¿Una silla?

—Sí, chaval, una silla. ¿A que parece una broma de mal gusto?

—Sí, ¿no…?

—Pues aunque no te lo creas, nosotros vamos a tener que jugarnos el pellejo para salvar la silla de san Ramón… Absurdo, ¿verdad?

Creo que pude comprender bastante bien el estado de ánimo de aquellos hombres y por eso me mantuve en silencio el resto del trayecto. Lo cierto es que no los envidiaba lo más mínimo y que no me hubiera gustado nada estar en su pellejo. Yo por lo menos era un crío y, si los fascistas nos apresaban, mi vida no corría el mismo peligro que la de ellos ya que difícilmente iban a meterse conmigo…

Un rato después, cuando atravesábamos el desfiladero Olvena, el sargento, apoyándose sobre la cabina, dio el aviso de que nos acercábamos al pantano de Barasona y los soldados, inmediatamente, dejaron los bancos y ocuparon posiciones de tiro, pues se temía que hubiera tropas enemigas apostadas en las inmediaciones.

Yo también me agazapé de prisa entre los soldados, y desde allí contemplé aquella enorme masa de agua verdosa que se mecía apaciblemente. En las riberas, el agua cubría hasta la mitad el tronco de algunos árboles y unos pájaros de plumaje oscuro sobrevolaban encima de ellos.

Con mucha cautela, cruzamos un estrecho puente encima del río Ésera y, a medida que avanzábamos, comprobamos que no había enemigos por la zona. La carretera hasta Graus discurría paralela al río y el sargento ordenó a sus hombres que volvieran a los bancos, dejando un solo soldado apostado sobre el techo de la cabina, por precaución. Poco después, sobrepasamos un destartalado camión militar que había parado en la cuneta de la carretera. Al hacerlo, nuestro chófer tocó la bocina y los soldados del otro camión, que permanecían sentados cerca del vehículo calentándose en torno a una hoguera y comiendo algo, nos saludaron con la mano.

Entonces empecé a divisar Graus.

8

Me despedí de aquellos hombres antes de que el camión enfilara el camino de entrada a Roda de Isábena, pasando a través de un arco románico que se abría en la modesta muralla que rodeaba al pueblo.

Luego, empecé a descender por el valle siguiendo el curso del río Isábena. Me volví un par de veces para ver la torre de la catedral que se recortaba al pie del macizo rocoso en el que se asienta la población, y no puedo negar que, en aquellos momentos, estaba profundamente emocionado por dejar atrás todo lo que estaba dejando. Sabía que ahora empezaba la recta final de aquel viaje y que Espés ya no estaba a muchos kilómetros de allí.

A medida que bajaba, fui descubriendo un inmenso prado, surcado por algunas casas diseminadas cerca del río, y, al fondo del valle, el imponente macizo montañoso que anunciaba la proximidad del Pirineo y de sus cumbres perpetuamente nevadas.

Hacía un día perfecto para andar. El sol brillaba generosamente y yo apreté el paso, hasta que al cabo de una hora noté que tenía hambre. Entonces, decidí tumbarme en la hierba durante un rato y me quedé inmóvil contemplando el paisaje y dejando que el sol se derramara sobre mí, para hacerme entrar en calor. Tras dar tres o cuatro mordiscos al embutido que Valentín me había obsequiado, reanudé la marcha con una sensación de bienestar absoluta. Estaba tan pletórico, que no pude reprimirme y eché a correr por el prado con los brazos en cruz, imitando el vuelo de un aeroplano.

Poco antes de partir, el sargento me había indicado que a pocos kilómetros, sin abandonar el cauce del río, encontraría primero La Pobla de Roda, y más adelante Serraduy. Y que allí, problamente, alguien podría explicarme cómo llegar hasta el pueblo de mi padre por el camino más corto.

Sólo lamentaba no haber parado en Graus. Habíamos pasado sin detenernos y yo, fugazmente, solo pude ver el monasterio de Nuestra Señora de la Peña, que se alza sobre el barranco que preside la población, y un camión cargado con una enorme tubería de más de seis metros de largo por casi dos de diámetro, que estaba estacionado cerca del lavadero público, donde un numeroso grupo de mujeres hacían la colada indiferentes al tránsito de vehículos militares que aquella mañana circulaban por allí.

Lo cierto es que me hubiera gustado detenerme y pasear por sus calles para conocer de cerca aquel lugar del que tanto había oído hablar en los últimos días. Pero de nada servía lamentarse. Espés estaba a un tiro de piedra y yo tenía que aprovechar aquella bonanza para llegar lo antes posible.

Casi sin darme cuenta, dejé La Pobla de Roda a mis espaldas. Recuerdo vagamente que eran cuatro casas de piedra junto al río y que parecían vacías. A partir de ahí, solo puedo decir que anduve y anduve, hasta que unas horas después observé que unos negros nubarrones empezaban a hacer acto de presencia encima de las montañas que se veían en la lejanía.

Al principio no le di mayor importancia y seguí andando hasta que, pasado un buen rato, un rebaño de ovejas se cruzó en mi camino. Serían unas cien o doscientas y no parecían estar muy dispuestas a apartarse para cederme el paso. Me lo tomé con mucha calma y me entretuve contemplándolas, hasta que aparecieron un par de mastines y empezaron a dar ladridos y correr como desesperados de un lado a otro para que los machos cabríos se movieran de sitio.

Entonces, en un abrir y cerrar de ojos, se elevó una densa polvareda, y en medio del estrépito de los cencerros y del balido de las ovejas, el rebaño empezó a correr hacia los pastos más bajos.

—No se asuste, mozo, estas no muerden...

Me volví y vi a un pastor que venía tranquilamente hacia mí. Era un tipo realmente curioso, que se cubría la cabeza con una boina calada hasta las cejas y que vestía con unos anchos pantalones de pana, una chaqueta ajustadísima del mismo género sobre la cual llevaba unas pieles de oveja en forma de peto para protegerse del frío, y un zurrón en bandolera. Con la mano derecha sujetaba un largo bastón con un gancho de hierro en el extremo y un paraguas.

—No me asustan... —balbuceé, intimidado.

—¿Y qué te trae por aquí, demonio?

—Voy a Espés...

—¡Ahhh! —exclamó sin quitarme el ojo de encima—. Pues será mejor que busques cobijo rápido y que sigas camino mañana... Eso de ahí —dijo, señalándome unos nubarrones— es una turbonada y dentro de muy poco la tendremos encima...

Al oír aquello me quedé de piedra.

—¿Una qué...?

—Una turbonada, mozo, es una tormenta de dos pares de cojones... Y sabe Dios que en esta época del año, suelen ser muy malas porque van cargadísimas de electricidad...

—Ya... pero yo debo llegar a Espés cuanto antes...

—Pues si quieres llegar vivo, más te vale que esperes hasta mañana. Nadie puede andar por los bosques con una tormenta así. Lo más probable es que te caiga un rayo encima… Además, esta de ahí —añadió mirando de nuevo la tormenta que se avecinaba—, tiene pinta de durar toda la noche.

—¿Está seguro…?

—Tan seguro como que Cristo murió en la cruz…

Entonces, aquel buen hombre me aconsejó que echara a correr hacia Serraduy y que una vez allí preguntara por casa Chironet, una granja que estaba en las afueras del pueblo, donde problablemente los dueños me dejarían pasar allí la noche.

—Diles que te manda Perico… Son buena gente.

Nunca agradeceré bastante el consejo de aquel hombre, ya que si aquella tormenta me hubiera alcanzado en medio del bosque, lo más probable es que hoy no estuviera aquí para contarlo. En mi vida había visto nada semejante. Llovió torrencialmente durante toda la noche y no paró de descargar rayos y truenos hasta bien pasadas las dos o las tres de la madrugada. Suerte que no me fue difícil dar con la casa de los Chironet y que, cuando lo hice, aquella buena gente me acogió con los brazos abiertos.

Llegué sobre las seis de la tarde. Hacía menos de cinco minutos que la tormenta se había desatado sobre Serraduy y en un abrir y cerrar de ojos se había hecho de noche. Yo estaba calado hasta los huesos y temblaba como si sufriera un ataque de paludismo. Mi aspecto debía de ser tan lastimoso que aquellas personas me obligaron a quitarme la ropa de inmediato y me hicieron sentar frente al fuego del hogar, cubierto con una manta.

De la familia, en aquellos momentos solo estaban tres. El abuelo Joaquín, un pintoresco anciano de más de ochenta años que no se quitaba un curiosísimo gorro de piel de conejo ni para dormir, y que no dejó de mirarme con curiosidad durante todo el rato. Luego estaba doña Nieves, hija de don Joaquín, que tendría unos cincuenta años y que era la que llevaba todo el peso de la casa, porque su marido y sus hijos estaban en el frente. Finalmente, Mariano, un sobrino de unos treinta años que padecía una enfermedad mental y al que todos llamaban el Retrasado. En realidad, Mariano era más bueno que el pan, aunque su aspecto, con casi dos metros de altura y más de ciento cincuenta kilos de peso, le daba un aire de fiereza que intimidaba lo suyo.

Cuando estuve lo suficientemente recuperado del frío, Mariano me prestó algo de ropa hasta que la mía se secara y doña Nieves me hizo comer un buen plato de potaje de alubias. Luego, tras escuchar mis andanzas sin pestañear, me acompañaron hasta el establo para que pasara la noche, y allí me llevé una buena sorpresa al comprobar que yo no era el único refugiado que habían acogido aquel día.

Por lo visto, aquella misma tarde los Chironet también dieron albergue a los miembros de una compañía de teatro ambulante que iban de camino hacia Pont de Suert.

Eusebio Galán, Antonio Galán y la pequeña Leonor Galán eran, como ellos mismos me contaron, los supervivientes de una larga estirpe de cómicos, que recorrían el país de punta a punta, ofreciendo sus representaciones de teatro clásico y varietés en las plazas de los pueblos, cuando hacía buen tiempo, o en las tabernas y teatros, cuando encontraban algún empresario de buen corazón que les permitía actuar.

En realidad, la Compañía de Espectáculos Galán, como no tardé en descubrir mientras ensayaban, no eran nada extraordinario; aunque, según ellos, también tuvieron sus momentos de gloria llenando los teatros de las capitales más importantes del mundo.

—En la Argentina tuvimos tanto éxito, que el empresario que nos contrató nos obligó a prorrogar el espectáculo dos años más... —se pavoneó don Eusebio—. Y por eso, Antoñete nació en Buenos Aires... Su madre lo parió durante una representación de *La venganza de don Mendo*, entre las bambalinas del teatro Cervantes...

—Vamos, padre, no me sea bolacero ni se invente historias. La vieja me parió en un sanatorio y no entre bambalinas...

—¡Qué sabrás tú, desgraciado! Tu madre, que era una santa, te parió entre el monólogo de la mora Azofaifa y el final del tercer acto. Y veinte minutos después, volvió a salir al escenario y terminó la representación sin quejarse lo más mínimo… Esos sí que eran actores, y no como los de ahora, que os pasáis el día quejándoos por todo…

Don Eusebio Galán, a pesar de su edad, era un hombretón con una planta imponente que ejercía sin demasiados miramientos su papel de patriarca y director de la compañía, valiéndose tanto de su autoridad como de ese vozarrón tan característico de los actores de aquella época.

Tenía una cierta propensión a exagerar las cosas, pero eso tampoco era como para tenérselo en cuenta, ya que sus intervenciones eran absolutamente delirantes; aunque a su hijo no le hicieran ninguna gracia y le provocaran más de un retortijón en las tripas.

Antonio, en realidad, no tenía mucho sentido del humor y parecía un hombre amargado y sin ilusiones. Por lo que me contó Leonor, su hija, aquella misma noche, Antonio no siempre fue así. Se le avinagró el carácter cuando su esposa se largó con un viajante de comercio que conoció en Segovia y del que se enamoró perdidamente. Según me dijo la chica, aquello lo hundió completamente, no solo por el hecho de que su mujer los dejara a él y a su hija, sino porque lo hizo para liarse con un muerto de hambre como aquél.

Aun así, Antonio tenía sus toques divertidos y no tardé demasiado en comprobarlo, ya que poco después de instalarme en el establo, don Eusebio y su nieta reemprendieron el ensayo que habían interrumpido a mi llegada.

El buen hombre cogió el acordeón y empezó a tocar una copla que, por lo visto, Leonor tenía atravesada y que su abuelo se había empeñado en que interpretara como era debido.

Aunque la muchacha cantaba bastante bien, era evidente que su abuelo no estaba satisfecho con el resultado, pues a cada momento la hacía parar y le daba instrucciones precisas de cómo debía hacerlo. En una de esas, Leonor ya no pudo más y, cruzándose de brazos, le espetó que ya estaba hasta el moño, y que si quería que lo hiciera a su modo, lo mejor sería que lo hiciese él mismo.

—Además, abuelo, tú con el traje de lunares estarías la mar de guapo, ¿no crees?

Don Eusebio, al oír aquello, se puso rojo como un tomate y, tras dejar el acordeón sobre el banco de madera, empezó a gritar como un loco, agitando los brazos teatralmente.

—¡Pandilla de desagradecidos! Uno se deja la salud para enseñaros un oficio y vosotros me lo pagáis así... ¿Por qué? ¿Acaso me odiáis? ¿Acaso yo os doy mala vida...?

—Abuelo, no se altere o le dará una angina de pecho.

—¡Cállate, desvergonzada!

Entonces, don Eusebio se levantó y empezó a ir de un lado a otro, murmurando palabrotas y lanzando miradas asesinas a su hijo, que, imperturbable, contemplaba la escena sin pestañear.

—¿Y tú no piensas decir nada? —le soltó el viejo, plantándose delante de su hijo.

—¿Y qué quiere que diga, padre? Si la niña no quiere hacerlo a su modo, déjela que lo haga como ella quiera. A fin de cuentas, el público sólo quiere verle las piernas...

—¡Desgraciado! ¿Y a ti de qué te ha servido todo lo que te he enseñado en la vida? ¿Acaso no has aprendido que las cosas hay que hacerlas como Dios manda?

—Sí, padre, pero usted no es Dios... ¿o sí?

Entonces, el viejo alzó las manos hacia el techo y exclamó:

—¿Lo oyes, María? Ni tan siquiera respetan el nombre de Dios... ¿Qué he hecho yo para merecer un castigo así?

Aquello me impresionó mucho y no pude reprimirme. Me acerqué a Leonor y le pregunté en voz baja:

—Oye, ¿por qué tu abuelo habla con la Virgen María?

Leonor me miró irónicamente y me contestó:

—Estás muy equivocado. El abuelo, cuando se pone así, con quien habla es con mi abuela, que, como está muerta, no le lleva la contraria...

Antonio, viendo que su padre cada vez estaba más alterado, intervino de nuevo.

—Vamos, padre, tranquilícese. No es necesario que convierta esto en un auto sacramental.

Pero aquello todavía empeoró las cosas mucho más, ya que don Eusebio, al oír aquellas palabras de su hijo, se dio la vuelta, levantó de nuevo los brazos y avanzó hacia la puerta del establo.

—¡Se acabó, María! No puedes pedirme más sacrificios. Míralos, míralos bien, son lobos disfrazados de corderos... ¡Y esta no es mi sangre...! —Don Eusebio, completamente fuera de sí, abrió la puerta de un manotazo y antes de salir al exterior, se volvió orgullosamente y añadió—: ¡Me voy! Ya no aguanto esta situación ni un minuto más. Me habéis perdido el respeto y esto ya no se puede tolerar... Está claro que mi propia familia se avergüenza de mí y que aquí ya no pinto nada...

Y tras echar un vistazo al exterior para comprobar que seguía lloviendo a cántaros, el pobre hombre se caló bien el sombrero y salió con la misma altivez con que lo haría un condenado a muerte.

Naturalmente, yo me quedé estupefacto y de inmediato traté de que fueran tras él.

—Pero ¿no vais a hacer nada para que vuelva? El pobre hombre cogerá una pulmonía.

—Se nota que no conoces al abuelo. Es tan testarudo que nada ni nadie lograría convencerle para que vuelva ahora —me contestó Leonor, con una apabullante tranquilidad que no logré comprender—. El viejo es orgulloso y terco como una mula…

Pero justo entonces, Mariano llegó tapado con una lona para protegerse de la lluvia y dijo:

—Mi tía dice que vengan a cenar…

Al momento, don Eusebio apareció en el umbral de la puerta completamente empapado y, como si no hubiera sucedido nada, añadió:

—Venga, señores, no es de recibo hacer esperar a nuestros anfitriones.

Naturalmente, yo me quedé atónito y aún tardé bastante en comprender aquel repentino cambio de actitud.

No sé si fue por el calor del hogar, por el hecho de ser siete a la mesa, o por la presencia de Leonor, pero aquella noche me sentí como en familia.

Fuera seguía lloviendo copiosamente, pero las animadas voces de los Galán mitigaban por completo el ruido del aguacero, y si uno no miraba a través de la ventana, era casi posible no acordarse de la tormenta que nos azotaba.

Los Chironet también parecían disfrutar de nuestra compañía. Seguramente, ellos también se sintieron menos solos aquella noche y su casa recobró el aspecto alegre y bullicioso de otros tiempos, cuando sus hijos todavía estaban allí y la guerra aún no había empezado.

En cualquier caso, el abuelo Joaquín sí se lo pasó bien con la compañía de don Eusebio, ya que ambos congeniaron rápidamente y empezaron a contarse batallitas de su juventud. Viéndoles, sentí, con cierta tristeza, no haber tenido nunca abuelos ni una familia más numerosa. Si aquella noche mi padre y mi madre hubieran estado conmigo, esa velada fácilmente podría haber sido la más feliz de mi vida. Durante las horas que pasamos juntos, olvidamos el drama que estábamos viviendo cada uno de nosotros, y una extraña e inexplicable corriente de afecto nos unió como si fuéramos una auténtica familia.

Más tarde, me enteré por Mariano de que don Joaquín era toda una leyenda en la región, y que entre sus hazañas destacaba la liberación del pueblo de Abella, que fue enteramente secuestrado por un grupo de bandidos a principios del siglo veinte.

La comida fue copiosa y abundante. Doña Nieves realmente tiró la casa por la ventana y Antonio, que debía de pasar más hambre que el perro de un ciego, se sintió en la obligación de agradecérselo y empezó a deleitarla contándole algunas anécdotas relacionadas con el mundo de la farándula.

—En aquellas giras no actuábamos siempre ante públicos selectos. A veces, si hay conciencia, tenés que bajarte del carro del éxito y acercarte al pueblo llano y darles un cacho de alegría.

»Una vez, mientras estábamos de gira por la pampa y por los pagos de Catriel, nos encontramos con el mudo, que también andaba de turné…

—¿El mudo…? —preguntó doña Nieves, sin comprender de quién le hablaba.

—Sí, el Morocho del Abasto. Carlitos Gardel, ya sabe…

—¿Ustedes eran amigos? —preguntó asombrada doña Nieves.

—Nos criamos juntos, señora. Se podría decir que éramos como hemanos. Pero volviendo a lo que le iba contando. No sé por qué, aquel día me pareció que más allá de la alegría de verme, había algo en él que le preocupaba.

»¿Qué pasa, Carlitos?, tenés un problema, ¿verdad? Y ahí nomás el hombre empezó a desembuchar. Me dijo que esa misma noche tenía que cantar en la pulpería de La Colorada y que andaba mal de la gola y necesitaba a alguien que le ayudara en los dúos para salvar el expediente.

»Resumiendo, aquella noche el mudo y yo nos despachamos unos cinco o seis tanguitos, y tuve que cantar solo *Mi Buenos Aires querido*, porque el pobre diablo ya no daba más de sí. Al terminar, el público enloqueció en aplausos y mientras guardábamos los fuelles y las violas, la dueña de La Colorada se acercó a nosotros y, ante el pasmo de Carlitos, me ofreció un contrato para toda la temporada…

Yo estaba absolutamente impresionado. Carlos Gardel era el ídolo de mi madre y en casa, cuando la pobre mujer estaba de buen humor, se pasaba el día cantando *El día que me quieras*, *Guardia Vieja*,

Cuesta abajo y algunas otras canciones de las que ni me acuerdo del título. Por eso, me acerqué a Leonor y en voz baja le pregunté:

—¿Tu padre y Carlos Gardel eran amigos?

—¡Quita ya! Todo eso es una sarta impresionante de mentiras... Mi padre volvió de la Argentina cuando tenía ocho meses y no ha visto a ese Gardel en su vida...

—Pero habla con un acento muy raro.

—Lo hace aposta. Finge ser argentino para que los militares no lo recluten y lo manden al frente... De hecho, es un desertor...

Leonor solo tenía dos años más que yo, pero su forma de hablar no era la de una chiquilla. Se notaba que tenía mucho mundo y que sabía hacer frente a los avatares de la vida con una entereza más propia de una persona adulta que de alguien de su edad.

—¿Y de tu madre no has sabido nada más?

—No.

—¿Y no la echas de menos?

—Al principio sí... pero luego, yendo de un lado para otro, me acostumbré y lo cierto es que no pienso mucho en ella. Además, realmente nunca estuvo con nosotros. Siempre parecía estar en otro sitio y no hablaba demasiado. Además, mi padre y ella, cuando estaban juntos, se pasaban el día discutiendo y tirándose los trastos a la cabeza... En el fondo, creo que estamos mejor así... Solo lo siento por mi padre, el pobre no ha logrado superarlo y cada día bebe más...

Entonces, Leonor desvió la mirada hacia su padre, justo en el momento en que el pobre hombre levantaba la botella de vino y se llenaba el vaso por enésima vez.

—Ya sé que pensará que soy muy atrevida... —se disculpó doña Nieves, medio muerta de vergüenza—. Pero quisiera pedirle que nos cantara algo... un tango o lo que usted quiera. Al abuelo y a mí nos encanta la música...

Antonio, que ya tenía el vaso en la boca, por poco se atraganta y, zafándose como pudo, respondió:

—¿Ahora...?

—¡Y por qué no! —exclamó don Eusebio—. Vamos, Leonor, ve a por el acordeón. Un poco de música nos vendrá bien a todos.

Leonor, a regañadientes, se levantó de la mesa y, tras mirar por la ventana, replicó:

—Todavía llueve a cántaros… ¿Por qué no lo dejáis para otra ocasión?

—Pero ¡niña! ¿Así es como agradeces la generosidad de esta dama? —se quejó el abuelo, lanzándole una furibunda mirada de reproche.

Entonces doña Nieves intervino conciliadora.

—La criatura tiene razón…

—¡Ni razón, ni leches! —exclamó don Eusebio, poniéndose en pie—. Yo mismo iré por el acordeón…

—Usted no va a ir a ningún sitio —replicó Leonor, con autoridad—. Y menos así. No ve que todavía tiene la ropa mojada… ¿O acaso quiere pillar una pulmonía?

Inesperadamente, Mariano, que había permanecido en silencio durante toda la cena sentado en un rincón junto al fuego, se puso en pie y avanzó hacia nosotros.

—Si quieren puedo ir yo…

—Claro, hijo —aprobó doña Nieves—. Pero coge el paraguas…

Leonor, que era tan orgullosa como su abuelo, no aceptó de ningún modo que Mariano fuera a por el dichoso acordeón y, finalmente, tras arrebatarle el paraguas de la mano, bajó los cuatro escalones de la cocina, y yo, de inmediato, salí corriendo detrás de ella para acompañarla al establo.

—¡Estoy harta! ¡Los odio! —exclamó la chica nada más salir al exterior, poseída por un verdadero ataque de rabia—. ¡Creo que cada día comprendo más a mi madre…!

Yo no sabía cómo calmarla ni cómo darle ánimos. Así que, simplemente le puse la mano sobre el hombro y me limité a mirarla.

—¿Y tú qué miras? —me espetó con rabia.

—Nada… —balbuceé intimidado y retirando la mano de inmediato.

—Pues entonces deja de mirar, ¿vale?

La muy testaruda apretó el paso y me dejó plantado en medio de la oscuridad y a la intemperie, pues al llevarse el paraguas la lluvia me caló en cuestión de segundos y cuando alcancé la puerta del establo estaba tan empapado como cuando llegué unas horas antes.

—¿Nunca te han dicho que tienes muy mal genio? —le dije una vez dentro.

—¿Y qué? ¿Acaso alguien te ha pedido que me acompañaras?

—Creí que no querías venir sola.

—Pues te equivocas —me respondió, y empezó a protestar por la oscuridad del establo, que le impedía encontrar el acordeón.

—Tendrías que haber traído un candil.

—¿Y por qué no lo has traído tú, ya que eres tan listo…?

Y en ese momento tropezó con algo, seguramente muy duro, porque cayó de bruces al suelo y lanzó un grito de dolor. Entonces me acerqué como pude y la agarré de los brazos ayudándola a levantarse.

—¿Estás bien?

—Sí —me respondió, y se quedó mirándome, con su rostro muy cerca del mío.

—¿Qué miras…? —le pregunté extrañado.

Ella no dijo nada y siguió mirándome de aquel modo tan raro durante unos instantes. Luego, me rodeó con sus brazos y permanecimos abrazados durante un buen rato.

—¿Sabes...? A veces me siento muy sola... —musitó de golpe, con un hilo de voz.

—Yo también...

Cuando volvimos a la casa con el dichoso acordeón, el padre de Leonor ya se había lanzado a cantar tangos, acompañado a la guitarra por el abuelo Joaquín, que por cierto lo hacía con bastante maña. Don Eusebio, tras coger el acordeón, se sumó al dueto y entre los tres nos ofrecieron una buena tanda de canciones, que fueron desgranando hasta bien avanzada la noche. En un momento dado, Antonio sacó a bailar a doña Nieves, y Leonor, imitando a su padre, me sacó a bailar a mí. Huelga decir que era la primera vez en mi vida que yo bailaba con una mujer que no fuera mi madre. Y si he de ser sincero, debo reconocer que al principio lo pasé fatal pues me moría de vergüenza.

Claro que, en cuanto vi que Mariano cogía una escoba y empezaba a bailar con ella, rápidamente se me pasó la vergüenza y me dejé llevar por Leonor, que bailaba como un ángel.

No puedo precisar a qué hora terminó la velada ni qué hora era cuando nos acostamos. Solo recuerdo que Mariano nos acompañó al establo iluminándonos el camino con un candil de aceite y que, al entrar, todos los animales dormían y no se oía ni siquiera su respiración.

Don Eusebio, ocupando un jergón junto a un montón de paja, se acostó sin siquiera darnos las buenas noches. Leonor, en cambio, me cogió de la mano sin decirme nada, y yo la seguí escaleras arriba hasta un altillo que servía para almacenar la paja. Una vez allí, nos hicimos un hueco; ella extendió dos jergones y nos acostamos uno junto al otro.

No nos dijimos ni una palabra. Solo recuerdo que de vez en cuando, el resplandor de algún relámpago iluminaba su rostro y que entonces yo veía que ella seguía mirándome con los ojos muy abiertos. Inexplicablemente, me sentía muy cerca de ella, tan cerca como jamás me había sentido de nadie.

Antes de que el sueño me venciera, noté que Antonio aún estaba despierto y que se paseaba nerviosamente por el establo, mientras fumaba un cigarrillo y murmuraba unas palabras que no logré entender.

A la mañana siguiente, apenas despuntó el alba abandonamos la casa y emprendimos el viaje sin despedirnos de la familia Chironet, pues ya lo habíamos hecho la noche anterior y bastante doloroso había sido para todos.

Los Galán llevaban dos mulas: una que iba cargadísima con todo el atrezo y el vestuario que utilizaban en sus espectáculos, y la otra que montaba don Eusebio, porque a su edad el hombre empezaba a tener las piernas flojas.

Por suerte, pudimos hacer parte del viaje juntos, ya que el camino de Pont de Suert era el mismo que llevaba a Espés; sólo que yo tuve que desviarme mucho antes que ellos.

La noche anterior, don Joaquín nos había explicado con pelos y señales el trayecto más corto y gracias a él pudimos ahorrarnos un buen trecho siguiendo senderos de pastor y atajos que sólo conocían las gentes de allí.

Tras dejar la casa, teníamos que pasar forzosamente por el pueblo para tomar el camino que iba a las fuentes de San Cristobal. La carretera de Graus terminaba justamente en Serraduy y a partir de allí, solo se podía proseguir andando. Por eso, a la salida del pueblo todavía podían verse algunos vehículos calcinados, que sus dueños habían tenido que abandonar para seguir el viaje a pie.

Una vez en las fuentes, con el río Isábena a nuestros pies, cogimos un paso muy estrecho, que se abría entre las cañadas del barranco y empezamos a ascender muy lentamente, al paso de las mulas.

Cuando por fin llegamos arriba, el Turbón apareció de repente, por primera vez, ante mis ojos. Era una inmensa mole de piedra gris sin vegetación que, descolgada de la cadena de los Pirineos, se erguía majestuosa en medio del llano.

Yo me quedé tan asombrado que ni siquiera pude comentarle a Leonor lo que aquella montaña significaba para mí.

Además, la noche anterior el abuelo Chironet me había contado un montón de secretos sobre la montaña y yo no podía apartar los ojos de ella, tratando de imaginar como debió de ser cuando era refugio de bandoleros y escenario de reuniones de brujas en el pasado.

Durante un buen rato, seguí andando en silencio mientras don Eusebio, a lomos del animal, parecía muy animado pues no paraba de cantar una canción tras otra. De vez en cuando, su hijo se volvía y, sin el menor disimulo, le lanzaba alguna que otra mirada asesina.

Entonces, empezamos a bajar hacia el río, ya que en aquel tramo el sendero discurría junto a la ribera. Leonor y yo lo mirábamos todo en silencio, casi sin hablarnos. Se notaba que nos dolía tener que separarnos. En aquellas pocas horas habíamos congeniado mucho y ahora, ambos lo sabíamos, tendríamos que despedirnos irremediablemente.

Con los años, algunas veces traté de recordar aquel rostro triste y melancólico que contemplaba el paisaje que se abría ante nosotros, pero apenas si pude rememorar sus ojos vivos e inquietos y los dos lunares que tenía en la mejilla derecha.

El resto se había esfumado de mi memoria de una manera incomprensible. Quizá porque yo mismo nunca quise recordarla exactamente tal como era para evitar sufrir más de la cuenta, pues siempre supe que lo más probable era que no volviéramos a vernos jamás.

Tras unas cuantas horas de marcha, llegamos al molino de Beranuy, completamente exhaustos. Descansamos un rato, y luego, bordeando siempre el Isábena, reemprendimos la marcha hasta encontrar las Herrerías de Calvera, parada obligada de todos los arrieros que iban hacia la montaña.

Siguiendo el consejo del abuelo Chironet, nosotros también nos paramos a comer algo y Antonio aprovechó para dar de beber a los mulos, que estaban totalmente extenuados.

Leonor y yo nos alejamos unos metros y nos tumbamos sobre unas rocas para contemplar el curso del río. Hacía un frío de mil demonios pero yo ni lo notaba. Estaba tan emocionado, que hubiera dado mi vida para que aquellos instantes hubieran durado eternamente.

Poco después, emprendimos de nuevo la marcha y tras un tramo especialmente agotador, llegamos a Obarra. Cada vez nos costaba más avanzar ya que ninguno de nosotros estaba acostumbrado a andar tantas horas seguidas. Luego, cuando por fin dejamos el monasterio a nuestras espaldas, tomamos el camino que estaba a nuestra izquierda y anduvimos cuesta arriba a través del pinar de Ballabriga, hasta que alcanzamos el paso de La Croqueta, que tuvimos que remontar y descender en zigzag sacando fuerzas de donde no teníamos, pues todavía nos faltaba un buen tramo para llegar a nuestros destinos.

Finalmente, sobre las cuatro o cinco de la tarde, llegamos a la Borda de Farrás y allí tuvimos que separarnos. La despedida fue triste y emotiva. Yo no conseguí reprimir unas lágrimas, que traté de disimular como pude. Tras despedirme de todos, Leonor y yo nos fundimos en un abrazo y, rápidamente, como si tuviera miedo de arrepentirme, eché a andar por el sendero que se adentraba en el bosque.

Don Eusebio, a lomos de la mula, empezó a recitar un monólogo de Calderón de la Barca y yo, emocionadísimo, ni siquiera quise volverme para verlo por última vez.

> ¡Ay, mísero de mí, y ay, infelice!
> Apurar, cielos, pretendo,
> ya que me tratáis así
> qué delito cometí
> contra vosotros, naciendo;
> aunque si nací, ya entiendo
> qué delito he cometido:
> bastante causa ha tenido
> vuestra justicia y rigor,
> pues el delito mayor
> del hombre es haber nacido.

Aquellas palabras aún resuenan en mi cerebro como si las estuviera escuchando ahora mismo. Recuerdo exactamente cada verso, cada pausa y, sobre todo, la voz de don Eusebio sonando potente y segura entre aquellas inmensas moles de piedra del barranco, que poco a poco fui dejando atrás.

9

Espés apareció de repente, justo cuando el sendero dibujaba un recodo a la entrada de un imponente bosque de abetos. Desde aquella posición, sólo me parecieron cuatro casas solitarias que prácticamente se confundían con el promontorio de roca sobre el que estaban edificadas.

Luego, fijándome bien, advertí que por detrás de las casas asomaba tímidamente el campanario de una iglesia y que a su derecha, junto a un barranco, se erguía un antiguo torreón en ruinas.

Entonces noté que el corazón se me disparaba y que los latidos empezaban a golpearme el pecho con una fuerza inusitada. Inmediatamente, reanudé la marcha sin apartar la vista del pueblo. Tras cruzar un arroyo, el sendero empezó a ascender por la ladera del valle, atravesando varios huertos todavía cubiertos de nieve en las zonas menos expuestas al sol. A medida que ascendía, unos inmensos chopos aparecieron ante mis ojos cual majestuosos guardianes que custodiaran la entrada del pueblo. Sin duda, eran los árboles más altos que había visto en mi vida y recuerdo que me quedé unos instantes contemplándolos absolutamente embelesado.

Antes de proseguir, también me fijé en unos pajares curiosísimos que había en medio de los campos de siembra y que me recordaron vagamente las chozas en las que vivían los indígenas en la selva, y que tantas veces había visto en el libro sobre las razas humanas que había en la escuela.

Unos balidos de oveja me hicieron reaccionar y seguí caminando por una angosta senda de pedruscos que llevaba hasta las primeras casas del pueblo.

El sol ya empezaba a ponerse y los últimos rayos teñían de un intenso color naranja las fachadas de las casas que se abrían sobre el valle. Todo aquel lugar parecía estar suspendido en el tiempo y hasta el humo que salía de las chimeneas se elevaba sigilosamente, como si allí nada tuviera prisa.

Aún no había pisado la especie de plazoleta, en realidad una era, que había a la entrada del pueblo, cuando me pareció distinguir unas voces. Rápidamente, miré a un lado y a otro, pero no vi a nadie por ningún sitio. Las cuatro casas de piedra, con tejados de teja de barro cocido, que daban directamente a la era, parecían deshabitadas ya que de su interior no salía el menor ruido. Entonces, eché a andar tranquilamente, como si ya conociera aquel lugar, y empecé a subir una cuesta muy pronunciada que llevaba hasta las casas que había al pie de la iglesia. Estas, a pesar de tener las puertas abiertas, tampoco manifestaban ningún indicio de que hubiera nadie dentro. Así pues, me senté sobre un bancal de piedra y me dediqué a mirar a mi alrededor en busca de alguna señal de vida.

En total, conté una veintena de casas, todas de aspecto tosco y poco cuidado. En realidad, Espés no era un pueblo especialmente bucólico. Se notaba que allí la gente buscaba el lado práctico de las cosas y que no estaban muy interesados en que tuvieran un aspecto más bonito y alegre. Las fachadas, todas de piedra, no tenían demasiados ornamentos, exceptuando los balcones de madera, que no faltaban en ninguna de ellas. Aun así, se trataba de un pueblo bonito y el paisaje que lo rodeaba, sin lugar a dudas, era el sitio más hermoso en el que había estado en toda mi vida.

Observé que en las afueras, justo en dirección contraria a por donde yo había llegado, también había un grupo de cinco o seis casas, alineadas a la perfección, y que daban directamente sobre otro valle mucho más poblado de arboledas y surcado por un pequeño riachuelo de aguas oscuras que discurrían mansas entre una tupida vegetación.

Recuerdo que durante un buen rato observé cada casa atentamente, tratando de adivinar cuál de ellas podía ser la de mi familia. Y que mientras lo hacía, intenté imaginar a mi padre de pequeño, jugando por allí.

Casi sin darme cuenta, el sol se había puesto del todo y la temperatura había descendido ostensiblemente porque de repente noté que estaba temblando de frío. Entonces, cuando ya me disponía a levantarme, oí claramente una voz a mi espalda.

—¡Eh, tú, chaval!

Me volví en el acto, sobresaltado.

—Sí, tú...

Era una mujer de unos cincuenta años, que me hablaba asomada desde la ventana de una casa que había justo detrás de mí.

—¿Yo...? —balbuceé.

—¿Quién, sino?

Avancé hacia la casa y la mujer, cuando estuve debajo mismo de la ventana, me preguntó:

—¿Y tú, de dónde sales?

—Busco la casa de mi tía...

—¿Y quién es tu tía, muchacho? —se extrañó la mujer, sin dejar de mirarme con curiosidad.

—Se llama Torrent de apellido. Y yo soy hijo de José Torrent, su hermano. Mi padre nació en este pueblo.

La mujer abrió la boca muy sorprendida y balbuceó:

—¿Que tú eres hijo de José Torrent...?

—Sí, señora. Mi padre se marchó del pueblo muy joven...

—Ya, ya. Sé perfectamente quién es tu padre, muchacho —replicó con rapidez—. Espera ahí, ahora mismo bajo.

No tardó ni dos segundos en bajar, acompañada de un perro peludo y canijo que no paraba de ladrar.

—¿Así que tú eres hijo de Pepito...? —dijo clavándome una mirada de estupefacción que no pudo evitar—. ¡Pues vaya sorpresa, muchacho! ¿Y dónde está tu padre? Hace años que no se le ve el pelo.

—Murió —dije con un hilo de voz—. Lo mataron en el frente...

—¡Virgen Santa! —exclamó la pobre mujer, llevándose las manos a la boca—. ¿Y tú has venido solito?

—Sí, perdí a mi madre en Lérida, durante un bombardeo.

—¡Por todos los santos, criatura! Vamos ahora mismo a ver a tu tía. No sabes la sorpresa que se llevará...

Y tomándome de la mano, me arrastró materialmente hasta una casa al otro extremo del pueblo. Por el camino, no dejó de atosigarme a preguntas ni de invocar a todos los santos y vírgenes del santoral.

Milagros, que era como se llamaba aquella buena mujer, resultó casi de la familia y conocía a mi padre de toda la vida. Así que me pidió que la dejara hablar a ella primero, ya que Fina, mi tía, estaba muy delicada de salud y aquello podía afectarla de mala manera.

—Tiene el corazón muy frágil y un susto así podría provocarle un ataque…

La casa de mi familia era la típica casa de pueblo de dos plantas y un granero adosado, donde se guardaba la paja para los animales. Un enorme portalón de madera franqueaba la entrada a una estancia lúgubre y oscura. A ambos lados de esta, dos puertas comunicaban con las cuadras de los animales y en el frente, una estrecha escalera, de techo bajísimo, conducía al primer piso.

Mientras subíamos los peldaños, un asno empezó a rebuznar desde las cuadras y Milagros me dijo que era Asdrúbal, que nos daba la bienvenida. Entonces, la buena mujer, antes de cruzar el umbral de la cocina, empezó a llamar a mi tía a voces.

—¡Fina, Fina!

Mi primera impresión al ver la casa de mi padre fue bastante deprimente, pues todas las paredes y techos estaban completamente tiznados de negro a causa del humo que salía del enorme hogar que presidía la cocina.

Siguiendo las indicaciones de Milagros, me quedé esperando de pie mientras ella subía al desván en busca de mi tía.

—¡Fina, Fina!

No sé cuánto tardaron en bajar ni qué habían hablado exactamente, solo sé que la espera se me hizo interminable y que cuando vi a mi tía por primera vez, las piernas me temblaban de la emoción.

Era una mujer más bien baja y corpulenta, de tez rosada y cabellos blancos como la nieve. No tendría más de cincuenta años, pero su aspecto era el de una persona mucho mayor.

La buena mujer, nada más verme, se lanzó hacia mí con los ojos enrojecidos por el llanto y ambos nos fundimos en un abrazo cargado de emotividad. Luego, me escrudiñó de arriba abajo y dijo:

—Eres el vivo retrato de tu padre…

Solo recordarlo se me hace un nudo en la boca del estómago. Aquella pobre mujer estaba tan afectada por la muerte de su hermano, que Milagros hizo que nos sentáramos cerca del fuego y, durante un buen rato, mientras mi tía no cesaba de llorar, se mantuvo discretamente a su lado tratando de consolarla.

Yo también hubiera querido darle ánimos pero no supe cómo hacerlo. En el fondo, aquella mujer era una completa desconocida para mí y cualquier comentario mío podría haber empeorado las cosas.

Por suerte, doña Milagros se las apañó bastante bien, y un par de horas después, mi tía y yo cenábamos como si ya nos conociéramos de toda la vida. Naturalmente, tuve que contarle un montón de cosas sobre mis padres y muy especialmente el motivo por el cual mi madre y yo habíamos abandonado Barcelona de aquel modo.

Luego, ella empezó a contarme algunas cosas de mi padre y, al hacerlo, sus ojos volvieron a anegarse de lágrimas.

—Tu padre y yo nos llevábamos quince años. Por eso tras la muerte de tus abuelos, tuve que hacerme cargo de él más como una madre que como una hermana...

—¿Es cierto que los abuelos murieron a causa de una epidemia?

—Claro que no, criatura. ¿Quién te ha dicho eso? Tus abuelos murieron sepultados por un alud de nieve cerca del monte Gallinero... Venían de visitar a unos parientes lejanos de tu abuela que vivían en El Solano. Tu padre entonces tenía más o menos tu edad y el golpe fue muy duro para él. Ten en cuenta que no logramos recuperar sus cuerpos hasta bien entrada la primavera, cuando la nieve empezó a fundirse del todo. Entonces, pudimos enterrarlos cristianamente, aquí, en el cementerio del pueblo... Si quieres, mañana podemos visitar sus tumbas...

—¿Tienes alguna fotografía de ellos?

—No, hijo, no. Aquí no tenemos de esas cosas...

Realmente, Espés era otro mundo. Bastaba con mirar el interior de la casa para darse cuenta de que allí dentro el tiempo se había detenido hacía un montón de años. De hecho, mi tía seguía viviendo del mismo modo que debieron de vivir nuestros antepasados entre aquellas gruesas paredes de piedra en tiempos inmemoriales. Los toscos y escasos muebles, los viejos cacharros de cocina y la ausencia de luz eléctrica, agua y de un cuarto para hacer las necesidades, era exactamente como si estuviéramos viviendo varios siglos atrás.

—Oye, tía, ¿por qué se marchó mi padre de Espés? ¿Acaso no le gustaba?

—No es tan sencillo, hijo… A veces las personas actuamos de un modo que ni nosotros mismos sabemos exactamente por qué. Tu padre era muy joven cuando se fue e imagino que se ahogaba viviendo aquí. Creo que él necesitaba descubrir que en la vida se podían hacer otras cosas aparte de sacar a pastar el ganado y cultivar la tierra. En ese sentido, él y yo éramos muy distintos y no supe comprenderlo a tiempo. Tu padre necesitaba salir de Espés, recorrer mundo, conocer gentes…

—¿Y tú nunca pensaste en abandonar el pueblo?

—¿Para qué? Mi vida pertenece a este sitio… Aquí nací y me crié, y aquí moriré, si Dios quiere…

—Pero ¿nunca has sentido curiosidad por ver otros sitios, conocer otra gente…?

—No, cariño. Además, alguien tenía que ocuparse de la tierra y de los animales…

—¿Y por qué os enfadasteis? ¿Por qué mi padre no volvió jamás para verte?

—Imagino que yo tuve la culpa. Cuando tu padre se marchó, creí que lo suyo era puro egoísmo y le dije que, si se iba, no volviera nunca más a poner los pies en esta casa…

—Ya…

—Pero además, cuando me escribió años después anunciándome que se casaba con tu madre y que le gustaría que fuera a la boda, ni siquiera respondí. El orgullo es una enfermedad muy dañina para uno mismo y también para los que te rodean.

—¿Y no te has sentido muy sola durante todo este tiempo?

—¿Sola? —se extrañó la buena mujer, mientras tomaba otra cucharada del plato de sopa que tenía sobre su regazo—. ¿Por qué tengo que sentirme sola? Aquí tengo muchos amigos...

—¿Y por qué no te has casado? ¿No te gustaría tener hijos?

—Mira, jovencito —replicó ella, poniéndose en pie y vaciando el resto de su sopa en el puchero que colgaba de un gancho sobre el fuego—, me parece que por hoy ya hemos hablado bastante... Ahora hay que irse a la cama. Mañana tendremos que madrugar y a mí me espera un montón de trabajo...

—Pero ¡si es muy temprano...! —me quejé, con ganas de seguir charlando—. Además, aún tienes que contarme más cosas sobre mi padre.

—No te preocupes, cariño. Te contaré todo lo que quieras, pero tenemos todo el tiempo del mundo. Ahora estoy muy cansada y necesito dormir, a mis años el cuerpo ya no aguanta como antes... Además, supongo que a ti también te conviene dormir, ¿no es así?

—Sí, supongo que sí, pero ahora no tengo ni pizca de sueño...

Entonces cogió el plato que tenía entre mis manos y, tras dejarlo en un barreño con agua, sacó dos teas del fuego para alumbrarnos, y yo la seguí hacia los dormitorios, que estaban al otro extremo de la casa. Al salir de la cocina, la temperatura cambió bruscamente y un estremecimiento de frío me sacudió de los pies a la cabeza. El resto de la casa estaba tan helado que me extrañó que nadie pudiera dormir allí.

—¡Qué frííío! —exclamé, mientras mis dientes no paraban de castañetear.

—No te asustes, una vez en la cama ya entrarás en calor.

Pero aquello no me tranquilizó lo más mínimo, ya que poco antes me había fijado en las ventanas de la alcoba y había visto que algunas no tenían cristal ni nada que impidiera la entrada del frío.

—Espero...

—Además, dormirás en la habitación de tu padre, la que está junto a la mía... Y él nunca se quejó de frío...

Yo tampoco me quejé. Pero no porque no tuviera frío, de hecho creo que aquella noche no me congelé de puro milagro, puesto que aquella habitación más que un dormitorio parecía el Polo Norte.

Mi tía depositó una de las dos teas en el plato de latón que había en el suelo de mi habitación y, tras darme un beso de buenas noches en la frente, me arropó con las dos mantas y el cubrecama y se retiró a su dormitorio.

Unos minutos después, yo estaba temblando de frío con los ojos bien abiertos mirando la extraña danza de sombras que la luz de la tea proyectaba sobre las paredes azules de mi habitación. El silencio en la casa era absoluto y del exterior tampoco llegaba el más mínimo ruido.

Cuando me desperté a la mañana siguiente, mi primera sensación fue que estaba completamente helado. Las sábanas de mi cama aún estaban tan húmedas y frías como la noche anterior y mi aliento se recortaba perfectamente en el aire como si fuera el humo de un cigarrillo.

Creo que jamás había tenido una sensación de tanto frío al despertar. Ni en los días más crudos del último invierno en Barcelona había sentido nada semejante. Así pues, me incorporé con rapidez y me apresuré a vestirme antes de que me quedara totalmente congelado.

Mientras me vestía, me extrañó que todo estuviera tan silencioso. Por eso imaginé que mi tía no estaba en casa y me asomé a la alcoba para comprobarlo. Entonces, a través de una de las ventanas, vi que durante la noche había nevado y que todo el paisaje estaba cubierto.

Rápidamente, me asomé al balcón y durante unos instantes contemplé aquel grandioso espectáculo. En mi vida había visto nada semejante. Todo lo que mi vista alcanzaba a ver quedaba bajo una espesa capa de nieve, tan inmaculadamente blanca que casi cegaba mis ojos.

El pueblo, los campos, el bosque, las inmensas montañas habían cambiado por completo de la noche a la mañana y parecía que estuviera en otro lugar. Así pues, tuve la extraña sensación de que aquella noche en realidad habían sido muchísimas noches, que yo ya llevaba en Espés prácticamente un año y que el invierno había llegado de nuevo.

Hacía una mañana espléndida y el sol brillaba en medio de aquel cielo intensamente azul, sin sombra de nubes. Entonces, una vez más, me pregunté cómo mi padre pudo abandonar todo aquello. Todavía no me cabía en la cabeza que alguien pudiera renunciar a vivir allí el resto de sus días.

Como ardía en deseos de pisar la nieve, bajé corriendo a la planta baja y, justo cuando llegué al final de la escalera, por poco no me doy de bruces con mi tía, que venía de los establos.

—¡Vaya dormilón, por fin te has despertado!

—¡Ha nevado, tía! ¡Ha nevado!

—Claro que ha nevado, cariño. Pero ¿adónde vas con tantas prisas?

—Quiero pisar la nieve, tía. ¡Es la primera vez que veo tanta junta!

—Pues anda con cuidado o resbalarás. ¡Ah, y no te entretengas mucho! Todavía tienes que desayunar...

Pero yo no la dejé terminar de hablar y salí pitando al exterior. Estaba tan excitado que en aquellos momentos ni el hambre podía retenerme. Y naturalmente, por poco me rompo la crisma, pues no tardé ni veinte segundos en pegar un buen patinazo. Si no llega a ser por la señora Milagros, que afortunadamente iba hacia la casa de mi tía y que me agarró del brazo a tiempo, me hubiera estampado contra el muro de la casa de los vecinos.

—¡Vigila, Manolo, vigila!

Bajo la nieve Espés era mucho más bonito de lo que aprecié a mi llegada. Solo tenía tres calles que salían de la era. Una muy empinada que iba hasta la iglesia, otra muy corta que terminaba justo donde empezaba el arrabal, y la tercera, casi tan empinada como la primera y que ascendía hasta los restos de la torre de vigilancia y la casa grande.

Mientras paseaba, me encontré con un par de hombres que trasladaban a una enorme vaca al establo y que me saludaron sin extrañarse, como si me conocieran de toda la vida. Los seguí con la vista hasta que se perdieron al girar por la cuesta del arrabal. Entonces, decidí ir tras ellos y eché a andar siguiendo sus pasos.

Un par de halcones volaban con las alas rígidas sobre el humo que salía de la chimenea de una casa que se descolgaba sobre el despeñadero. Cada vez lo hacían más bajo, en círculos, hasta que sus sombras giraron sobre el inclinado techo cubierto de nieve y elevaron el vuelo hacia el espeso bosque de abetos que se abría al otro extremo del valle.

Los dos hombres y la vaca avanzaban con cierta dificultad debido al espesor de la nieve, dejando tras de sí el rastro inconfundible de sus pisadas. A pesar del sol, aquella mañana hacía un frío que te calaba hasta los huesos y, a medida que avanzaba, sentía que los pies se me estaban quedando helados. Entonces, en lugar de pisar nieve virgen, probé a meterlos en las huellas que habían dejado aquellos hombres porque imaginé que de aquel modo se me helarían menos.

Minutos después, pasamos por delante de la escuela y me asomé a una de las ventanas para ver a los chavales que, abrigadísimos, escuchaban sin demasiado interés algo que la maestra les explicaba. Aquella escuela no era tan distinta de la mía; con el gran mapa de España colgado de la pared, la enorme pizarra y los pupitres ordenados prácticamente igual que en mi clase. Solo me llamó la atención una enorme estufa de leña que presidía la habitación y de la que salía una larguísima tubería de hierro que iba al exterior por una de las ventanas, haciendo de chimenea.

Pasada la escuela, hallé tres o cuatro casas más, y luego el camino seguía serpenteando por el valle hasta llegar a un recodo en el que se erguía la vieja ermita de la Piedad y la rectoría adosada, que ahora era utilizada como granero. A unos cien metros, los dos hombres cruzaron un portillo de madera y entraron en un corral de muros de piedra, en el que había un establo bastante grande.

A medida que me acercaba, el olor inconfundible de las vacas se hizo más intenso y no tardé en comprobar que allí se guardaba una buena parte del ganado del pueblo.

Con sigilo, entré en el establo y vi cómo los dos hombres acomodaban la vaca, que no paraba de mugir, en una zona bastante aislada del resto de los animales. Entonces, cuando habían tumbado al animal, caí en la cuenta de que aquella vaca estaba preñada.

Uno de los hombres, tras subirse una manga de la camisa, metió la mano y el antebrazo en la matriz del animal y yo, al verlo, por poco me muero de asco allí mismo. Tras unos segundos, ese hombre miró al otro y le hizo una seña afirmativa con la cabeza. En ese momento, el que había estado tanteando al animal me vio y me dijo:

—Ven, chaval, no te quedes ahí parado y échanos una mano.

Yo no quería acercarme, pero al mismo tiempo me intrigaba ver qué iba a suceder. De todos modos, no tuve demasiado tiempo para pensármelo, porque en seguida uno de aquellos hombres me tiró una cuerda para que la sostuviera, mientras él fue pasando un extremo por las patas delanteras, traseras y los cuernos, quedando el animal todo atado con el mismo lazo. Después, el otro hombre volvió a meter la mano en la matriz y empezó a tirar, sacando las patas traseras del ternero. Cuando ya las tuvo completamente fuera, las atamos con dos cuerdas distintas a unos palillos muy duros y los tres empezamos a tirar con fuerza, para sacar el resto del cuerpo que todavía estaba dentro de la madre.

—Vamos, muchacho, tira con más ganas porque, si no, la cría se nos queda dentro.

Aquellas palabras hirieron mi orgullo. Entonces clavé mis botas en el suelo y sacando fuerzas de donde no tenía, tiré como un buey. Por suerte, cuando ya no podía con mi alma, apareció la cabeza del ternero y luego sus patas delanteras. En seguida le cortaron el cordón umbilical y le hicieron un nudo con el trozo que colgaba. Me sorprendió ver que la cría se levantaba de inmediato por sus propios medios y que la madre, a la que ya habían soltado, empezaba a limpiarla lamiéndole todo el cuerpo.

Mientras contemplaba aquella escena maravillado, el hombre que parecía más joven se me acercó y poniéndome la mano en el hombro me dijo:

—¡Muy bien, chaval! Nos has sido de gran ayuda...

—¿Me estás tomando el pelo?

—¡Claro que no...! Lo has hecho realmente bien... Eres un manitas, como tu padre...

Yo sentí un orgullo inmenso al oír aquello, pero además me di cuenta de que pasado el susto y el nerviosismo del primer momento, tampoco lo había hecho tan mal.

—Gracias…

—Llevábamos tres días esperando a que esta puñetera se decidiera a parir. Anoche incluso nos la tuvimos que llevar a casa, para estar pendientes de ella… —añadió, sacando una petaca y empezando a liarse un cigarrillo—. Estos terneros son demasiado grandes para salir solos…

Calculé que tendría unos cuarenta años. Su pelo era rubio y enmarañado y una horrible cicatriz le cruzaba la mejilla de arriba abajo.

—Milagros me contó ayer que eres hijo de Pepito —agregó encendiendo una cerilla y acercándola al cigarrillo que colgaba de sus labios—. Tu padre y yo fuimos muy buenos amigos… ¿Nunca te han dicho que eres clavadito a él?

—Sí… bueno…

—Los dos tenéis la misma mirada de marmota.

Y entonces se echó a reír con unas sonoras carcajadas que fui incapaz de comprender. Nadie me había dicho nunca nada semejante sobre mi forma de mirar.

—¿De marmota? —pregunté sorprendido.

—Sí, hombre, sí, esos animaluchos que se pasan el día tomando el sol tumbados junto a la madriguera...

Entonces se alejó sin dejar de reír y cruzó algunas palabras con su compañero. Luego, agarró la chaqueta que se había quitado para que no se le manchara, y rodeándome los hombros con un brazo salimos al exterior.

—Yo me llamo Julián, ¿y tú?

Nos encaminamos juntos hacia el pueblo. Las piernas de Julián, enfundadas en un grueso pantalón de pana, producían un inquietante ruido al rozar una contra la otra. Cada diez pasos se detenía y durante unos segundos observaba atentamente el paisaje. Yo estaba muerto de frío y no paraba de frotarme las manos medio congeladas.

De pronto, llegamos junto a una piedra bastante grande que estaba junto al camino. Entonces, Julián se desabrochó la bragueta y se puso a orinar sobre sus manos.

—¿Tú no tienes frío? —me preguntó al ver mi cara de pasmo.

—Estoy helado.

—Pues haz como yo. Con tu padre siempre lo hacíamos. Verás como las manos te entran en calor rápidamente…

No le vi la gracia, pero por no llevarle la contraria me armé de valor e hice como él. Inmediatamente, tras superar la repugnancia de mearme encima, noté un gran alivio en las manos y sonreí mucho más relajado…

—¿A que funciona…?

Luego, con los años, siempre he pensado que aquel fue el momento en que Julián Ballarín y yo nos hicimos amigos, tan amigos como lo habían sido años atrás mi padre y él. Fue como si en aquel momento yo hubiera superado una prueba necesaria para ser merecedor de su amistad.

De camino, Julián me explicó que él y mi padre habían sido inseparables y que de críos cometieron un buen número de fechorías. Al parecer, tenían a todo el pueblo en vilo ya que constantemente hacían alguna que otra trastada. Como cuando tuvieron a los chavales de la escuela aterrorizados durante semanas, porque les hicieron creer que un pobre desgraciado que se había suicidado, colgándose de la viga de un pajar, había salido de la tumba y se paseaba de noche por los montes cercanos lanzando espeluznantes lamentos.

—Desde entonces, nadie del pueblo ha vuelto a poner los pies en ese pajar. La gente incluso ha dejado de ir a la fuente del Chivo porque el único camino para ir pasa justo por delante del pajar...

Cuando llegamos a la plaza vimos que se había congregado un buen número de personas. Por lo visto, aquella madrugada un vecino había visto merodeando muy cerca del pueblo a un lobo malherido y solitario, y los hombres estaban organizando una batida para darle caza.

Julián me explicó que no era normal que los lobos se acercaran tanto, y menos aún sin toda la manada. Que un lobo malherido era muy peligroso y que habría que rematarlo cuanto antes ya que podía volver en cualquier momento y hacer una verdadera carnicería.

—Los lobos no solo matan cuando están hambrientos. Son sanguinarios por naturaleza y a veces se ensañan con todo un rebaño de ovejas matando a diez o doce solo para comerse un par...

Como es natural, aquello me puso los pelos de punta y rápidamente me refugié junto a mi tía, que estaba hablando con un hombre bastante mayor al que ya había visto la noche anterior desde la ventana de la cocina.

Finalmente, los hombres cogieron los perros y las escopetas, y partieron hacia la sierra de Peraire siguiendo las huellas del lobo que todavía estaban bien visibles sobre la nieve.

Al verles marchar, sentí el impulso repentino de ir tras ellos pero mi tía, que ya me lo había prohibido antes, me agarró del brazo reteniéndome a la fuerza.

—¿Acaso crees que esto es un juego de niños?

Durante el resto del día no salí de casa y de vez en cuando me asomaba a la ventana para ver si les veía llegar. Ardía en deseos de saber qué había pasado con el lobo y, no sé por qué, pensaba que los hombres iban a regresar cargados con la presa.

Después de comer, mi tía y yo bajamos a los establos y la ayudé a cortar leña. Entonces pude fijarme bien en ella, ver cómo era realmente, ya que el día anterior apenas si pude hacerlo, pues prácticamente estuvo llorando todo el rato. Me sorprendió su vitalidad, su manera ágil de moverse yendo de un lado a otro como una jovencita. Su voz era frágil y dulce, y tenía unos ojos amables y transparentes de color gris, como las cenizas del hogar. Al mirarme en la semipenumbra del establo, parecía querer transmitirme todo el cariño que llevaba almacenado en su débil corazón.

Aunque no tenía estudios y apenas si sabía leer, mi tía poseía una misteriosa sabiduría que no tardé en descubrir. Con un día de antelación era capaz de predecir una tormenta, encontrar antes que nadie un nido oculto o adivinar quién se acercaba a la casa solo con oír el rumor de los pasos. Algo así como si la naturaleza no tuviera ningún secreto para ella.

Le gustaba sentarse ante el hogar y pasarse las horas seleccionando judías, pelando patatas, o desplumando una gallina. Disfrutaba cocinando pero tenía unos gustos muy especiales, sobre todo en lo referente a la carne, puesto que ella sólo comía pollo, y a poder ser higadillos, de los cuales era capaz de zamparse dos docenas sin inmutarse. Imagino que los vecinos los guardaban para ella, ya que de lo contrario no sé de dónde podía sacar tantos. Para mi tía, comer higadillos era un festín de lujo y los primeros días que pasé allí, creo que me harté de higadillos para el resto de mi vida. Con las verduras también era muy especial y tenía la extraña teoría de que debían comerse siempre hervidas y que crudas solo eran para los animales.

La cocina estaba caliente de forma permanente; de hecho, era el único lugar caliente de la casa porque el hogar de leña estaba encendido durante todo el día y en el caldero constantemente se estaba cociendo algo. En mi memoria, guardaré siempre el olor de la leña quemando en el hogar, del pan cociéndose en el horno y de los diferentes guisos que se cocinaban en aquel enorme caldero que colgaba del techo, y que tanto me recordaba los que había visto dibujados en los cuentos de brujas y que estas usaban para hacer sus pócimas mágicas. También me acuerdo de las voces resonando en la chimenea, el crepitar del fuego y, muy especialmente, el obsesivo toc, toc del martillo con el que mi tía partía los piñones, las avellanas o las almendras que comía con verdadera fruición, adoptando aquella maliciosa expresión de ardilla...

Aquella misma tarde, a pesar del frío, nos sentamos un rato en la era de la casa y vimos caer el crepúsculo. Mi tía estaba encantada de que yo estuviera allí; decía que la casa parecía más alegre y que incluso aquel atardecer era menos melancólico que los de días atrás. Entonces, al cabo de un rato, oímos ladrar a los perros que volvían de la cacería y poco después nos llegaron las voces de los hombres llamándolos.

Mi tía y yo bajamos de inmediato a la plaza y nos reunimos allí con otros vecinos que también acudieron para ver qué había pasado...

10

Por la noche, algunos vecinos nos reunimos en casa de Milagros para escuchar el relato de la caza del lobo. Julián nos contó con todo lujo de detalles la increíble aventura que había vivido aquella tarde. Cabe mencionar que yo, de entrada, tuve una pequeña decepción, ya que no pude ver el cuerpo del lobo muerto puesto que lo habían dejado en el bosque. Aun así, lo que relató Julián fue tan apasionante que luego apenas si me importó.

Según nos contó, les fue muy fácil dar con el rastro de la presa pues las huellas sobre la nieve eran tan evidentes que solo tuvieron que seguirlas. Además, las heridas del animal debían de ser bastante importantes, porque las manchas de sangre en la nieve eran cada vez más abundantes. También debido a la profundidad del rastro pudieron hacerse la idea de que se trataba de una pieza grande, de más de treinta kilos, a la que cada vez le costaba más avanzar, puesto que las huellas eran de menor zancada.

Unas dos horas después de haber partido del pueblo, las huellas se cortaron junto a un árbol y un hueco en la nieve indicaba que el lobo se había detenido allí a descansar un buen rato, ya que el rastro y una enorme mancha de sangre no ofrecían duda alguna. Luego las pisadas se reanudaban, dejando tras de sí un reguero de sangre cada vez más grande. Por lo visto, las heridas debían de ser muy importantes pues al parecer la bestia se estaba desangrando completamente.

Tras superar una suave colina pudieron ver al lobo, que se había detenido para beber agua en un arroyuelo que discurría al pie de la ladera. Realmente el animal tenía muy mal aspecto y los perros se lanzaron ladera abajo ladrando endemoniadamente tras él. A pesar de la distancia, los hombres, aprovechando que el animal ofrecía un blanco perfecto, comenzaron a dispararle, pero no pudieron acertar porque estaba fuera de su alcance. El lobo, al sentir los disparos y que los perros iban hacia él, cruzó rápidamente hacia la otra orilla, pero en vez de subir por la empinada ladera que tenía enfrente giró siguiendo el curso del riachuelo en busca de un bosque que había unos doscientos metros más abajo.

Mientras los perros se metían en el bosque, los hombres bajaron la colina y, tras cruzar el riachuelo, se dividieron en varios grupos para rodear a la presa. Era evidente que el animal ya no podía seguir y que trataba de ocultarse entre la maleza del bosque.

Julián, como experto cazador que era, se adentró en el bosque siguiendo las huellas. Doscientos metros después, vio que estas desaparecían entre unos matorrales. Entonces, el cazador se detuvo bruscamente, comprobó que tenía la escopeta bien cargada y aguzó el oído. Sabía a la perfección que el animal no estaba lejos y que en cualquier momento podía abalanzarse sobre él. Los aullidos de los perros, incomprensiblemente, sonaban cada vez más lejos y tampoco tenía a ninguno de sus compañeros a la vista. Entonces se escondió tras una roca y apuntó hacia donde su instinto le indicaba que podía venir el animal. Pasados unos segundos, que se le hicieron eternos, oyó de pronto un resuello a sus espaldas, una especie de jadeo entrecortado semejante a una tos. Se volvió muy lentamente, a causa de la rigidez de sus músculos, pero no vio nada. De nuevo volvió a oír el jadeo y la tos, y al fin, entre dos rocas, distinguió la cabeza de un lobo. Se hallaba a unos pocos metros de él y no tenía las orejas tiesas como suelen tenerlas los lobos. Sus ojos estaban apagados e inyectados en sangre, y la cabeza le colgaba tristemente a un lado. Sangraba por el cuello en abundancia y parpadeaba continuamente, cegado por la luz del sol.

Julián, aterrado, se quedó paralizado y no podía mover ni un solo músculo. Sabía que al menor movimiento amenazador, la bestia podía lanzársele encima en unas décimas de segundo. Entonces, sucedió algo totalmente insólito; el animal, cojeando de la pata trasera, avanzó con gran dificultad hacia él sin dejar de mirarle directamente a los ojos.

Julián no sabía si tendría tiempo de apuntarle con la escopeta y disparar, antes de que el animal le atacara. Así pues, se mantuvo muy quieto, casi sin respirar. Solo un milagro podía salvarle de aquella situación. Pero extrañamente el lobo se le acercó manso y, ante su sorpresa, empezó a lamerle la mano con aquella lengua áspera y caliente.

Entonces, sonaron unos disparos y antes de que Julián tuviera tiempo de ponerse a cubierto, el animal cayó desplomado de un balazo.

—Por poco me muero del susto… —comentó Julián, medio en broma.

—¿Y qué te asustó más, el lobo o los disparos?

—Los disparos, naturalmente —bromeó Julián—. Sabía que Marcelo y Juan no tienen muy buena puntería y yo solo estaba a un palmo del animal…

Todos nos echamos a reír con aquel comentario y Milagros sacó una botella de orujo de arándanos y un poco de coca que había hecho ella misma y que estaba riquísima.

No me podía quejar. Mi primer día en Espés fue lo suficientemente animado como para no aburrirme. Entre el parto de la vaca y la aventura del lobo, aquella noche me acosté con la convic-

ción de que vivir en Espés podía ser una experiencia mucho más gratificante de lo que yo podía
imaginar.

Aquella semana se me pasó volando y a mí
mismo me extrañó la manera como me había adaptado a vivir de aquel modo. Claro que, bien pensado, tampoco era tan sorprendente ya que la vida en
Espés era tan apacible que uno por fuerza tenía que
encontrarse bien allí. En esos días, casi me olvidé
del horror de los bombardeos, de las noches en
vela y, sobre todo, del hambre y de la escasez de
comida que había sufrido los últimos dos años.

La gente del pueblo, sin ser exageradamente
amable, quizá porque allí aquella palabra carecía
de sentido, eran tan naturales y entrañables que
pronto te sentías cómodo entre ellos y no era difícil imaginar que ellos también lo estaban contigo.

La vida transcurría monótonamente; te acosta-
bas al anochecer y te levantabas con la salida del
sol. Allí nadie necesitaba reloj porque la gente vivía
según las estaciones del año, y en cada estación se
ocupaban de tareas distintas. La siembra, la siega,

llevar las ovejas a los pastos altos, bajarlas al llano cuando aparecían las primeras nevadas…

Todo giraba en torno a esa rutina que se venía repitiendo de generación en generación y que nadie tenía por qué cambiar, por la sencilla razón de que la naturaleza tampoco cambiaba. Los animales, el huerto, los bosques tenían sus propios ciclos vitales y aquella gente, para sobrevivir, había aprendido a respetarlos y a sacarles el provecho que más les convenía. Allí nadie nadaba en la abundancia y nadie aspiraba a hacerse rico; de hecho, la mayoría ni siquiera pensaba en ganar dinero. En Espés, de bien poco servía el dinero ya que todo el mundo era prácticamente autosuficiente. En verano mataban el cerdo, que luego conservaban en sal para el resto del año; también hacían confituras y conservas de vegetales, que almacenaban para pasar el invierno. En cada casa hacían su propio pan, y todos tenían huerto, ovejas, vacas, cerdos y animales de corral, por lo que prácticamente podían vivir de sus propios recursos.

De hecho, la vida era monótona pero nadie tenía tiempo de aburrirse porque todo el mundo estaba muy atareado ocupándose de sus labores. Sólo durante las noches, la gente se reunía en alguna casa para jugar a las cartas, especialmente al «truco» o para cantar y bailar. Los sábados por la noche, todo el pueblo, jóvenes y viejos, se juntaban en la escuela, que era la primera casa del arrabal, justo antes de llegar a la ermita de la Piedad, y allí, al compás de los acordes de un acordeón, un violín y alguna que otra guitarra, bailaban y reían hasta bien entrada la madrugada.

Yo me había adaptado plenamente a aquella manera de vivir y mi tía pronto me asignó algunas responsabilidades pues en aquellos días, precisamente, empezaban las vacaciones de Semana Santa, y la escuela cerró dos días después de mi llegada. De este modo empecé a ocuparme de dar de comer a los animales, de limpiar los establos y, sobre todo, de sacar las ovejas a pastar los días que hacía sol. Como aquel invierno se resisitía a desaparecer, los prados todavía estaban medio cubiertos de nieve y por tanto en ellos no había comida para el ganado, así que simplemente los sacábamos a pasear para que se airearan un poco y no tuvieran que estar todo el día encerrados. Debido a eso, no nos alejábamos mucho del pueblo, ni tenía que pegarme grandes caminatas. El Rubio, un pastor de unos sesenta años que vivía en la casa contigua a la nuestra, me acompañaba algunas veces, y él fue quien me enseñó a manejar los perros y a conducir el rebaño.

Me encantaba hacer de pastor y pasarme horas enteras en el monte sin otra compañía que la de los perros y las ovejas. A veces me tumbaba en el prado y podía pasar largos ratos contemplando cómo las nubes se desplazaban lentamente, o cómo adoptaban formas que a veces se me antojaban caballos alados, gigantes forzudos o grandes buques de vapor...

Al atardecer regresaba al pueblo, pero antes me quedaba unos minutos contemplado el valle por si veía venir a mi madre. No sé por qué, siempre tuve la intuición de que iba a llegar al atardecer de un día especialmente soleado y que yo la vería venir a lo lejos, justo cuando salía del bosque y se adentraba en los primeros prados, después de cruzar el río.

Cada día pensaba en ella y ni por un momento consideré la posibilidad de no volver a verla jamás. Es más, desde que llegué a Espés, la certeza de que iba a venir pronto era cada vez más tangible y mi esperanza iba en aumento día a día... quizá por el simple anhelo de compartir con ella aquella paz y la alegría de vivir de la que me había impregnado.

Realmente Espés vivía ajeno al drama de la guerra, y la gente del pueblo ni hablaba de ello... Solo de vez en cuando alguien hacía alguna referencia muy de pasada y todo el mundo parecía estar muy poco interesado en tenerla presente.

Una tarde en que no había sacado el rebaño a pastar porque la noche anterior había caído otra fuerte nevada, salí a dar un paseo antes de que se pusiera el sol. Más de un metro de nieve cubría todo el pueblo y la gente prácticamente no había salido en todo el día de sus casas.

Me acerqué a la era, procurando no hundirme hasta las rodillas y muy especialmente no pisar el hielo que se había formado en la cuesta. El humo de las chimeneas impregnaba la atmósfera de un inconfundible olor a leña quemada y yo aspiré profundamente dejando que el aire frío penetrara en mis pulmones. Me sentía bien. En paz conmigo mismo.

El sol, bastante bajo, empezaba a teñir de amarillo intenso el blanco manto que cubría todo lo que mi vista alcanzaba a ver y sólo la copa de algunos abetos altísimos rompía de verde la frágil línea que separaba el bosque del horizonte.

A lo lejos, más allá de los prados que descendían hacia el arroyo, se divisaba el sinuoso camino que había recorrido a mi llegada. Ahora, al contemplarlo cubierto por la nieve, volví a tener la extraña sensación de que aquello había sucedido hacía muchísimo tiempo.

Entonces, mientras contemplaba aquel atardecer cargado de presagios, me pareció distinguir que un hombre, a lomos de un caballo, se acercaba hacia el pueblo cruzando los huertos de doña Milagros.

Rápidamente, me levanté y me encaramé a una roca para ver mejor de quién se trataba. No era normal que a aquellas horas viniera nadie al pueblo, y mucho menos a galope de un caballo.

No sé si me lo imaginé luego, o si realmente en aquel momento tuve el presentimiento de que aquel jinete traía malas noticias para mí. Lo cierto es que el corazón me dio un vuelco y que inmediatamente me lancé a su encuentro.

Todavía de lejos, vi que aquel jinete era un militar y que montaba un espléndido corcel negro azabache. Llevaba el rostro semioculto por una bufanda, e iba cubierto con una enorme capa oscura que le llegaba hasta las botas.

A medida que se acercaba, fue aminorando la marcha, ya que al animal cada vez le costaba más avanzar por culpa del espesor de la nieve y cuanto más ascendían, más se le hundían las patas al caballo y más le costaba volverlas a levantar para retomar el paso.

Finalmente, con el caballo medio exhausto a causa del esfuerzo, llegaron hasta la cuesta donde empieza el tramo final del camino. Entonces, el hombre, al verme, tiró bruscamente de las riendas, y el caballo, alzándose sobre sus patas traseras, se detuvo en seco, relinchando con furia.

—Tú eres Manolo, ¿verdad? —dijo quitándose la bufanda y apeándose del caballo.

Y entonces, al verle el rostro, lo reconocí de inmediato. Era el teniente Expósito, el oficial al mando del tren fantasma que nos había llevado a mi madre y a mí hasta Lérida. Y aquello, en lugar de tranquilizarme, todavía reafirmó más mi presentimiento de que su presencia allí no podía augurar nada bueno.

—Sí... —balbuceé con un nudo en la garganta.

Supongo que al ver mi expresión de angustia, intuyó que no me alegraba de verle allí, y que yo ya sabía que su llegada sólo podía ser portadora de malas noticias.

Así pues, avanzó rápidamente hacia mí sin soltar las riendas del corcel y me tendió la mano para saludarme, como si yo fuera un hombre hecho y derecho.

—¿Cómo estás, valiente?

—Bien...

Pero no pude disimular. De hecho, había empezado a temblar como un flan y aquel hombre comprendió de inmediato que no hacían falta demasiadas palabras ni demasiados preámbulos para darme la noticia.

Entonces me rodeó los hombros con un brazo y echamos a andar hacia el pueblo.

De camino, empezó a contarme que se había encontrado con mi madre en Lérida el mismo día de nuestra llegada. Que volviendo de Barbastro con el tren ellos habían sufrido un duro ataque de la aviación, y que él tuvo que llevar a algunos de sus hombres heridos al hospital, y que allí estaba mi madre, a la que también habían herido gravemente durante uno de los bombardeos.

—Estaba muy malherida, prácticamente agonizaba… Pero aun así, me reconoció de inmediato y me pidió que te hiciera llegar esta carta —añadió, sacando un sobre del bolsillo—. Ella estaba segura de que te encontraría aquí, en Espés, con tu tía…

Con el pulso tembloroso, cogí la carta y no me atreví a abrirla en aquel mismo momento. Solo la así con fuerza y me lo quedé mirando, esperando a que prosiguiera.

—Los médicos me dijeron que no le quedaban muchas horas de vida y por eso no me pude negar a traerte la carta. Tu madre era la mujer más valiente que he conocido y jamás olvidaré la noche en que paró mi tren jugándose la vida con un coraje asombroso... Hasta el último momento, solo pensó en ponerte a salvo... Tu madre quería que tuvieras otra oportunidad y supongo que por eso deseaba tanto llegar a Francia...

Me resulta difícil recordar qué sentí exactamente en aquellos momentos. Por descontado que la noticia me heló la sangre y que lloré desconsoladamente, sumido en un estado de confusión tan grande que mi cerebro se quedó por completo en blanco.

Cuando llegamos a la casa, mi tía trató de consolarme pero yo, en aquellos momentos, solo deseaba estar solo y fui incapaz de aceptar su apoyo.

Así pues, tras despedirme del teniente Expósito, que tuvo que partir de inmediato sin aceptar el ofrecimiento de mi tía para que se quedara a pasar la noche allí, me encerré en el desván de la casa y empecé a leer la carta de mi madre.

La leí una y otra vez y cuando volvía a leerla mi desconsuelo iba en aumento. Supongo que la idea de tener que admitir su pérdida para siempre todavía no entraba en mi cabeza de chiquillo. Dios no podía ser tan injusto como para arrebatármelo todo de un plumazo...

Además, tampoco podía comprender por qué mi madre, en la carta, me alentaba para que dejara Espés y me marchara a Toulouse para quedarme con la familia de la señorita Ana.

Aquel razonamiento de mi madre me chocó muchísimo y fui incapaz de comprenderlo. No entendía cómo podía imaginar que yo estaría mejor con unos extraños que con mi propia familia.

Recuerdo que un sentimiento descontrolado de ira se fue apoderando de mí. Estaba enfadado con Dios, con el enemigo que tan injustamente me había quitado a mis padres, y ahora con mi madre por querer que abandonara Espés y por dejarme solo en el mundo.

Unas dos horas después, mi tía llamó a la puerta y entró en el desván alumbrándose con una tea, que por culpa de la corriente de aire parpadeaba produciendo unas inquietantes sombras en movimiento.

—Hijo, comprendo por lo que estás pasando, porque es muy duro tener que afrontar la muerte de un ser querido. Tu padre y yo también tuvimos que pasar por lo mismo, y puedo asegurarte que nos sentimos exactamente igual que tú ahora…

—¿Y tú cómo sabes cómo me siento? —exclamé lleno de rabia.

—Lo imagino, hijo. Lo imagino…

—Pues seguro que te quedas corta. Como mínimo tú tenías a tu hermano, tu casa, tu pueblo, amigos… Pero ¡yo no tengo nada ni a nadie!

—Te equivocas, cariño. Me tienes a mí y yo ahora soy tu familia. Espés es tu pueblo, esta es tu casa, y nuestros vecinos son tus amigos.

Lo dijo con tanta seguridad, que a mí se me rompió el corazón de nuevo, y me sentí como el ser más egoísta y ruin del mundo. No solo había pasado por alto sus sentimientos, sino que además la había despreciado vilmente.

Así que me eché a llorar de nuevo y me lancé a sus brazos en busca de su perdón.

—Perdona, tía… No quería herir tus sentimientos…

Bajamos a la cocina y la buena mujer me hizo sentar junto al fuego para cenar algo. Naturalmente, yo no tenía el menor apetito, y además me aterraba tener que contarle el contenido de la carta. Sabía de sobra que aquello iba a destrozarla y que era incapaz de explicárselo porque ni yo mismo podía comprenderlo.

Pero mi tía Josefa era una mujer muy discreta y prudente y se guardó bien de preguntármelo. La buena mujer esperó a que yo tomara la iniciativa y cuando finalmente lo hice y le leí la carta, me escuchó en silencio hasta que hube terminado. Entonces, se echó a llorar desconsoladamente.

—¿Por qué lloras, tía?

—Porque no sé si esta vez lo soportaré...

—¿El qué no soportarías, tía?

—Que te marches, hijo... Una vez ya perdí a tu padre y nunca más volví a verle. Ahora tú eres toda mi familia, y me parece que lo lógico es que yo me haga cargo de ti, y no unos extraños... pero...

—Pero ¿qué, tía? Yo no quiero irme, quiero quedarme contigo...

—Gracias, hijo, pero no creo que debas desobedecer a tu madre. Si ella pensó que lo mejor para ti era que fueras a vivir a Francia con esa gente, creo que mi obligación, con todo el dolor del mundo, es respetar su última voluntad...

—Pero ¡yo no quiero ir!

—Mira, cariño, la vida me ha demostrado que lo que queremos no siempre es lo mejor para nosotros y para los demás. Yo no quería que tu padre se fuera, y eso me impidió ver que lo más importante no era que se fuera o que se quedase. Lo importante era respetar las decisiones de los demás y no tratar, por egoísmo, de que los demás hagan lo que nosotros queremos. En el fondo, yo tampoco podía saber qué era mejor para tu padre, si irse o quedarse. Pero te aseguro que no quería que se fuera por puro egoísmo. Me aterraba quedarme sola...

—Ya, pero esto es distinto. Yo quiero quedarme aquí, contigo... No es justo que me obliguéis a marcharme contra mi voluntad... Tú misma dices que hay que respetar lo que quieren los demás, ¿o no?

—Eso lo dices ahora que solo tienes once años. Pero si por egoísmo yo no hiciera caso de la voluntad de tu madre, tú quizá me lo reprocharías algún día. Además, lo importante es que ahora sabes que aquí tienes a tu familia y que esta es tu casa. Y supongo que tu madre tenía buenas razones para pensar que a ti te conviene ir con esa gente. En el fondo, quedarse en Espés tampoco es un futuro demasiado alentador para nadie, y menos para un muchacho como tú. Con esa gente quizá tendrás oportunidades que ahora ni yo misma ni tú podemos imaginar. De hecho, tu padre tuvo razón al irse… En Barcelona, él pudo formar una familia, tenerte a ti… En cambio yo sigo aquí sola, sin saber leer y sin una familia. ¿Lo entiendes? Estos pueblos perdidos de la mano de Dios no son el futuro de nadie…

—Eso lo dices para que cambie de opinión, en el fondo ni tú misma te lo crees —repliqué indignado.

—Mira, hijo, en este momento lo importante no es creer o dejar de creer lo que pienso. Lo importante es entender que tu padre luchó y murió por defender el futuro que quería darte, y que tu madre también perdió la vida para darte esa oportunidad. Por eso, si tú no cumples su voluntad, de algún modo ambos habrán perdido la vida inútilmente, ¿lo entiendes?

Aquellas últimas palabras, me hundieron en un mar de dudas. Sabía que mi tía tenía razón aunque yo no pudiera comprender bien sus argumentos. En realidad, todavía era muy joven para entenderlos exactamente, pero aun así, algo dentro de mí me decía que tenía que seguir sus consejos y acatar la voluntad de mi madre, aunque lo hiciera sin ganas y con todo el dolor del mundo. Abandonar a mi tía y Espés, era lo que menos podía desear en aquellos momentos.

—Mira, hijo, yo también daría lo que fuera para que te quedaras conmigo. Pero pensándolo sensatamente creo que sería una equivocación. Además, no te olvides de que esta casa, las tierras, todo, tras la muerte de tu padre y cuando yo falte, son para ti... Tú eres nuestro único heredero y el último Torrent de Espés. Por eso, debes aprovechar el tiempo y esforzarte por tener una buena cultura, un oficio... Algún día, tarde o temprano, tendrás que hacerte cargo de todo y lo mejor es que estés más preparado que yo...

Entonces reaccioné de forma extraña y, presa de un ataque de rabia, rompí la carta de mi madre en mil pedazos y la tiré al fuego.

No tenía argumentos para llevarle la contraria a mi tía ni para no cumplir los deseos de mi madre.

Luego, con los años, me he arrepentido mil veces por haber obrado de aquel modo y en vano he intentado recordar exactamente cada palabra que mi madre había escrito. Por suerte, en aquella época yo tenía muy buena memoria y pude acordarme de la dirección de la señorita Ana en Toulouse ya que, finalmente, no tuve más remedio que acatar la última voluntad de mi madre, y mi tía aquella misma noche habló con Julián y le rogó que me ayudara a cruzar la frontera.

Aquellos días, las noticias sobre el frente no eran muy alentadoras y se sabía que los nacionales estaban penetrando en la Ribagorza a pasos agigantados. Graus también había caído y las tropas de la 63 División seguían ascendiendo imparablemente hacia los pueblos de montaña. Así pues, a partir de ahí todo se precipitó aceleradamente y al día siguiente emprendía viaje hacia Francia.

Aquella separación fue la despedida más dolorosa que he vivido. Nunca podré olvidar la cara de mi tía, ni aquella expresión de dolor en su mirada. Recuerdo que yo también la miraba fijamente todo el rato, como intentando grabar su rostro en mi memoria pues en aquellos momentos era absolutamente incapaz de imaginar qué podía depararme el futuro. Tras la muerte de mi madre, mi capacidad para soñar un porvenir mejor se había partido en mil pedazos, y lo único que podía intuir en aquellos momentos era que, tras separarme de mi tía, no tendría más remedio que afrontar un destino tan incierto, como incierto era el final de la guerra en aquellos días.

Estábamos el uno frente al otro. Mi tía de espaldas al pueblo. Yo delante de ella, y ninguno de los dos nos atrevíamos a dar el primer paso para despedirnos. Ambos estábamos completamente inmóviles y nuestras miradas se decían todo lo que teníamos que decirnos.

Julián, viendo que nos demorábamos mucho, se acercó a mi tía y le dijo que no se lo pensara más, que yo era el hijo de José Torrent y que teniendo en cuenta el curso que estaba tomando la guerra, lo mejor para mí era enviarme bien lejos de Espés...

En aquel entonces no entendí por qué Julián dijo eso y tampoco me lo aclaró durante el viaje, ya que me dio a entender que yo todavía era muy joven para comprender ciertas cosas. En cualquier caso, sus palabras provocaron que mi tía estallara en sollozos e inmediatamente me lancé a sus brazos para consolarla.

—No llores, tía, todo irá bien...

Entonces Julián cogió mi petate del suelo, me ayudó a ponerme la manta en bandolera y, cogiéndome de la mano, echamos a andar hacia su mujer, que estaba despidiéndose de una señora muy elegante y de una niña de cinco años, que también venían con nosotros a Francia.

Julián se conocía los pasos y puertos del Pirineo como la palma de la mano, puesto que de muy joven, durante un tiempo se dedicó al contrabando. Ahora, gracias a eso, podía ayudar a pasar gente que huía de la guerra al país vecino, rehuyendo los controles fronterizos tanto de los carabineros como de los gendarmes franceses.

A aquellas horas de la noche todas las luces del pueblo estaban apagadas y no se oía nada por los alrededores, ya que todo el mundo estaba durmiendo desde hacía varias horas. Por precaución y siguiendo los consejos de Julián, ni mi tía ni yo le dijimos nada de mi partida a nadie. Ni siquiera a doña Milagros. No porque los vecinos no fueran gente de confianza, sino por temor a que cualquier comentario dicho al descuido pudiera llegar a los oídos de quién sabía quién, y eso pudiera complicar las cosas. Como pasó con los dos curas del pueblo, que a principios de la guerra aparecieron muertos en el campo que había junto al molino, sin que nadie del pueblo supiera jamás quién los había matado. Se decía que una noche vinieron los aguiluchos y que los habían fusilado sin más contemplaciones. En cambio, había quien pensaba que ese crimen fue un acto de locura de algún vecino que secretamente debía de odiar a los curas. En cualquier caso, en más de una ocasión se había producido algún chivatazo y la Guardia Civil había arrestado a varios vecinos sin que nadie supiera por qué... Lo cierto es que en aquellos días había que andarse con cuidado y Julián, por precaución, no quería que nadie supiera que nos íbamos aquella noche...

Antes de partir ocurrió algo que me impresionó muchísimo y que todavía complicó más la despedida. Juana, la niña que iba con su madre y que también venía a Francia con nosotros, tenía una muñeca muy hermosa, más alta que ella y que al parecer siempre llevaba consigo tratándola como si fuera su mejor amiga. Julián, al ver que esa muñeca era demasiado grande y que ya íbamos muy cargados, le hizo una seña a la señora Mercedes, la madre de la niña, indicándole que su hija no podría viajar con la muñeca a cuestas. Entonces la señora Mercedes, previendo que su hija no soportaría desprenderse de la muñeca, se puso de acuerdo con la esposa de Julián y le dijeron a la criatura que dejara la muñeca en Espés por unos días, hasta que volvieran de Francia. Era evidente que la mentira no funcionaba, puesto que la niña me miró de inmediato como pidiéndome ayuda y yo no tuve más remedio que mirar para otro lado porque no sabía qué decirle. Después de unos minutos, Juana terminó por decidirse y le entregó la muñeca a la mujer de Julián. Luego se dio la vuelta, se acercó a mí y con los ojos llenos de lágrimas me dijo al oído:

—Era mi única amiga y sé que no la voy a ver nunca más...

En aquella noche tan triste, el dolor de esa criatura fue la gota que desbordó el vaso y finalmente Julián dio la orden de partir.

Yo me abracé a mi tía con todas mis fuerzas y luego quise mirarla a los ojos por última vez, pero ella eludió mirarme y, apartándome bruscamente, me dijo:

—Vete... Por el amor de Dios... vete de una vez. —Y echándose a llorar en los brazos de la mujer de Julián, ya no se volvió de nuevo.

Nosotros recogimos los bártulos del suelo y, tras cargarlos como pudimos, empezamos la marcha a paso lento, debido a las dificultades que causaba el espesor de la nieve, y así, poco a poco nos fuimos alejando de Espés. Yo me volví un par de veces, pero ya no pude ver nada porque aquella noche la luna estaba escondida y ni siquiera la silueta del pueblo era visible.

11

Desde mi partida de Barcelona, quince días antes, aquella fue la primera vez que reemprendía el camino sin tener la menor confianza en el futuro. Aquel viaje a Francia, ahora lo puedo decir, era algo así como un viaje a ninguna parte, pues en el camino recorrido hasta entonces yo ya había perdido todo lo que tenía en el mundo y mi destino final en aquellos momentos era una verdadera incógnita.

La esperanza para mí era una palabra carente de sentido. Quizá por eso, me cuesta tanto recordar qué sucedió aquellos tres interminables días que tardamos en llegar hasta el Hospital de Benasque.

Recuerdo, eso sí, que el primer día anduve todo el rato como un autómata, ajeno a lo que me rodeaba. Ni Julián con sus historias, ni las trifulcas entre doña Mercedes y Juana, que no quería andar, lograron que les prestara la menor atención. Mi cabeza estaba en otra parte, muy ocupada en rememorar los momentos vividos junto a mis padres, y las imágenes de mi infancia fueron pasando por mi cerebro como una película que se repetía una y otra vez, evocando el sabor de mi primer helado, la tarde en que papá y mamá me llevaron al Parque Güell y yo me quedé embobado mirando el enorme lagarto de porcelana que había en la entrada, o el día que fui por primera vez al cine y vi una película de Charlot.

La primera noche anduvimos más de ocho horas. Casi de madrugada, llegamos a las afueras de Castejón de Sos y Julián nos dijo que habíamos recorrido unos veinticinco kilómetros. Realmente, estábamos destrozados y los pies nos dolían como si los hubiéramos puesto debajo de una apisonadora.

El último tramo lo hicimos con Juana sentada sobre los hombros de Julián. La pobre criatura ya no podía dar un paso más y la señora Mercedes no estaba en mejores condiciones. Poco antes, nos habíamos detenido unos minutos cerca de Bisaurri para rezarle a un santo que había en un pilarcito, y nos encomendamos a él para que nos diera amparo el resto del camino, tal como hacían las gentes del lugar desde tiempos inmemoriales.

Julián decidió parar a descansar en una cabaña que los pastores utilizaban cuando llevaban el ganado a los pastos de Luchón, y que en aquellos días todavía no era utilizada por nadie. Dentro, gracias a sus gruesos muros de piedra, se disfrutaba de una temperatura agradable comparada con el intenso frío que hacía en el exterior, y a mí, debido al cansancio, no tardó en entrarme un gran sopor. Aunque tenía hambre, mis ojos empezaron a cerrarse y pronto caí en un sueño profundo y reparador.

Dormimos hasta el mediodía y cuando me desperté, Julián estaba cortando unas hogazas de pan y unos trozos de chorizo y de queso de oveja.

—Venga, mozo, levanta…

La señora Mercedes también estaba despierta y tenía a su hija durmiendo en su regazo.

—Ahora comamos un poco, ya que tan pronto empiece a oscurecer reanudaremos el camino.

Me gustaría llegar a Benasque antes del amanecer...

—¿Vamos a caminar toda la noche otra vez? —pregunté todavía medio dormido.

—Me temo que sí. Y si logramos ir a buen paso, esta noche incluso tendremos que caminar sobre hielo.

—¿Caminar sobre hielo?

—Sí, muchacho, antes de llegar a Benasque tendremos que remontar el Grau de Sahún y desde allí pasar por la zona umbría de la Cloasa, donde el hielo dura hasta bien entrado el verano.

—Pero eso debe de ser muy peligroso, ¿no?

—Si vamos con cuidado, no tiene por qué pasar nada. Máximo puedes pegar un buen patinazo y romperte la crisma...

A mí la idea de caminar sobre hielo no me produjo demasiado entusiasmo y supongo que Julián lo advirtió en seguida ya que añadió:

—Pero eso no es nada comparado con lo que tendremos que remontar una vez lleguemos al Hospital... Allí, en los canchales, sí que caminaremos sobre hielo y a más de dos mil metros de altitud...

Naturalmente, aquello tampoco me animó demasiado, aunque preferí guardar silencio puesto que no quería que Julián me tomara por un cobarde, pero indudablemente aquellas expectativas no eran muy alentadoras.

Mientras comíamos, Julián nos explicó que pasado Castejón, se nos uniría otro grupo de refugiados que, como nosotros, también huían a Francia.

—Y juntos, después de dejar Benasque a nuestras espaldas, ascenderemos hacia el puerto de la Glera. Desde allí será muy fácil llegar a Luchón... Además, este paso casi no lo utiliza nadie y tal como está todo, creo que será el trayecto más seguro...

Realmente, los primeros días de abril el éxodo por los Pirineos fue impresionante. Durante la última semana de marzo, la ofensiva fascista había sido imparable y las fuerzas de la 31 División, acantonadas en el valle del Cinca, tuvieron que huir desorganizadamente después de la caída de Barbastro y el Grado, arrastrando a su paso a miles

de civiles de las poblaciones ribereñas de los ríos
Ara, Cinca y Ésera hacia el puerto de Benasque. La
noche del 30 al 31 de marzo, cruzaron la frontera
más de cinco mil hombres dejando desguarnecido
el flanco izquierdo de la 43 División, que todavía
seguía bloqueda en el alto valle del Cinca, en los
alrededores del Hospital de Bielsa. Según supe
mucho después, aquellos miles de milicianos resistieron heroicamente escondidos en los bosques sin
municiones y sin víveres. Parece ser que no tenían
cañones ni ametralladoras y que sobrevivieron a
base de los animales que encontraban en la montaña. A pesar de eso, el Ezquinazao, el comandante
de la 43 División, evacuó organizadamente a la
población civil por el puerto de Bielsa, y con mulos
y caballerizas, transportaron a enfermos, mujeres y
niños hasta los pueblos franceses que aún admití-
an refugiados.

También en el Valle de Arán la situación era
francamente angustiosa ya que los refugiados pro-
cedentes de Lérida y Huesca no paraban de llegar
a diario, sumándose a los más de mil milicianos
que combatieron en Barbastro, Lérida y Tremp, y

que seguían esperando órdenes del Alto Mando para cruzar la frontera. Según tengo entendido, las provisiones habían empezado a escasear y en el valle solo quedaba comida para cuarenta y ocho horas. En Pont du Roi y Saint Lary la situación era tanto o más alarmante pues las autoridades francesas tampoco podían abastecer a los refugiados que seguían llegando cada día.

—¿Por qué casi nadie utiliza el paso de la Glera? —preguntó doña Mercedes.

—Primero porque está casi a tres mil metros de altitud, y segundo, porque este paso sólo lo conocemos algunos pastores y algunos contrabandistas...

Empezamos a doblar las mantas y a meter algunas cosas en los petates. Luego, tras acabar de recogerlo todo, salimos al campo y echamos a andar hacia Castejón de Sos evitando pasar por el centro de la población. Julián prefería que no nos viera nadie, puesto que cargados como íbamos, nuestro aspecto delataba inmediatamente que estábamos huyendo hacia Francia.

A la salida del pueblo había una cruz de piedra y allí estuvimos esperando no sé cuánto tiempo hasta que apareció un grupo de diez o doce personas, acompañadas por un guía muy viejo que apenas se saludó con Julián haciendo una inclinación de cabeza. Aquella pobre gente tenía un aspecto muy lastimoso y se notaba que venían de muy lejos, ya que estaban completamente exhaustos.

Tras descansar una media hora para que recuperaran fuerzas, reemprendimos el camino en silencio y formando una larga hilera. Julián iba delante de todo y yo unos pasos detrás de él. Mi tía se había excedido con las provisiones, mantas y ropa de abrigo que me había dado, y cada vez me costaba más andar con todo aquello a cuestas.

Entre la gente que se nos había unido, había un hombre malherido al que transportaban en una improvisada camilla. De vez en cuando, aquel pobre diablo lanzaba unos horribles gritos de dolor y los de la comitiva nos deteníamos para que pudieran ponerle unos parches de nieve en la pierna herida, a fin de que se le calmara el dolor al contacto con el frío.

—Esa herida no pinta nada bien —sentenció Julián en una de las paradas—. Lo mejor sería amputarle la pierna cuanto antes. Si no lo hacemos pronto, la gangrena se extenderá y este hombre morirá antes de llegar a un hospital...

Recuerdo que al oír aquellas palabras me quedé indiferente. Como si no me afectara lo más mínimo el dolor ajeno y como si aquella gente no tuviera nada que ver conmigo...

En realidad, y eso no lo entendí hasta mucho tiempo después, en aquellos momentos yo estaba demasiado afectado por todo lo que me había sucedido y mi corazón se había encerrado en un caparazón de piedra, capaz de protegerme de mis propios sentimientos y del dolor que secretamente me consumía las entrañas.

Quizá por eso, tampoco me fijé demasiado en nadie. Hasta tal punto estaba encerrado en mí mismo, que ni siquiera puedo recordar el menor rasgo de ninguna de aquellas personas con las que conviví aquellos angustiosos días. Para mí, sus rostros no dejaban de ser las máscaras sin nombre de unos parias que caminaban pesadamente como autómatas, porque su futuro era tan incierto como el mío. En el fondo, éramos una comitiva fantasmagórica que avanzaba en silencio camino del destierro.

De vez en cuando me volvía para comprobar que seguían ahí. Y entonces veía aquellos cuerpos indefinidos por la oscuridad que daban un paso detrás de otro sin tan siquiera mirar dónde ponían los pies. Iban cargados de pesados bultos, maletas, mantas, encorvados como si hubieran envejecido prematuramente y no pudieran ni siquiera con el propio peso de sus huesos. Algunas mujeres cargaban con sus hijos en brazos, envueltos con refajos de ropa harapienta, y de vez en cuando alguno de los niños tosía o lloraba silenciosamente de cansancio, procurando que nadie pudiera oírle. Solo el chasquido de las botas pisando la nieve nos recordaba que estábamos en movimiento y que todavía teníamos el aliento suficiente para seguir nuestro camino.

Durante unas horas bordeamos el cauce del río y a medida que nos adentrábamos por aquel valle de laderas encrespadas y cumbres altísimas, el sendero cada vez resultaba más empinado, lo que dificultaba muchísimo nuestra marcha.

Las montañas resplandecían bajo la luz de la luna y el tupido manto de nieve que las cubría tenía un tono azulado, casi como de cuento. De no ser por la gravedad de nuestra situación, lo más probable es que aquella visión me hubiera llenado de júbilo y que hubiera echado a correr para sentir que yo también formaba parte de aquella inmensidad blanca.

Pero naturalmente no fue así. A mí los pies también se me habían medio congelado y apenas si podía dar un paso sin notar unas tremendas punzadas. Por unos instantes estuve a punto de pedirle a Julián que paráramos un rato, porque ya no podía más, pero en lugar de eso, apreté los dientes y cerré los puños hasta que me hicieron daño y continué con mi marcha en silencio.

Si aquellas abnegadas mujeres y ancianos podían proseguir sin lamentarse, yo no podía ser menos que ellos y aunque sólo fuera por orgullo, tenía que mantener la entereza y seguir al mismo paso aunque los músculos de mi cuerpo se negaran a hacerlo. Las piernas me pesaban, los ojos se me cerraban de cansancio y sabía que mi voz apenas si brotaría para pedir ayuda.

El día anterior, Julián me había dicho que la gente del valle puede andar por los montes sin desfallecer porque se olvidan de lo que están haciendo. Que el cuerpo puede aguantar lo que le echen si uno no se obsesiona por el cansancio y por el dolor…

Claro que eso solo eran unas palabras bien intencionadas y que la realidad distaba mucho de ellas. Solo había que ver los rostros enjutos y cadavéricos de algunos de los que venían con nosotros, para entender que la realidad superaba con creces las buenas intenciones y que aquella marcha sobre la nieve nos estaba debilitando mucho más de lo que yo podía imaginar. La naturaleza nos ponía muy difícil el camino y éramos poco menos que unas hojas secas, tratando desesperadamente de aferrarnos a nuestros tallos. Estaba claro que no significábamos nada para la ley del universo, apenas un grupo de insignificantes errores fuera de lugar. La naturaleza no tenía que apiadarse de nosotros, éramos nosotros los que debíamos adaptarnos a ella y sobrevivir sacando las fuerzas de donde no las teníamos.

No sé qué hora era cuando paramos para descansar. Hacía un buen rato que habíamos dejado atrás un pueblo llamado Eriste, en donde se nos unió otro grupo de refugiados que previamente ya habían acordado con Julián que lo harían. Nos encontramos con esa gente junto a la margen derecha del río, en un llano semioculto por una arboleda. Eran unas veinte personas y, si cabe, todavía iban más cargados que nosotros. Algunos parecía que llevaran media casa a cuestas y más de uno incluso había cogido algún objeto de valor. Julián, al verlos, inmediatamente les ordenó que dejaran todo lo prescindible ya que con ese exceso de peso de ningún modo podrían alcanzar el paso de la Glera.

Aquello provocó algunas quejas, e incluso un matrimonio algo mayor se negó a seguir con nosotros porque no les dejábamos acarrear con todo lo que llevaban, y se marcharon solos a pesar de las advertencias de que no lo hicieran.

Mientras estuvimos parados, algunas madres aprovecharon el tiempo para dar de comer a sus hijos, y más de uno intentó hacer entrar en calor los pies, dándose friegas con aguardiente. Yo me senté junto a Julián y, mientras él fumaba un cigarrillo, me dediqué a contemplar al grupo de recién llegados.

Julián me contó que no venían de muy lejos y que la mayoría eran de los pueblos del valle.

—Por lo menos esta gente está acostumbrada a los rigores del frío y saben andar por estos montes...

Si he de ser sincero, debo admitir que viendo a aquella gente me costaba entender su optimismo porque la mayoría eran ancianos, mujeres y niños.

—¿Ves a ese hombre de ahí? —añadió Julián, señalándome a un viejo que andaba con la ayuda de un bastón—. De joven fue uno de los contrabandistas más populares de toda la región...

—¿Ese? —dije extrañado.

—Aunque ahora no lo parezca, Isidoro tenía más agallas que todos los demás contrabandistas juntos. Una noche, hace muchos años, él y unos compañeros traían de Francia un cargamento muy grande de telas, relojes y hasta un piano. A medio camino les sorprendió la niebla, pero Isidoro no hizo mucho caso y siguió andando porque conocía el terreno como la palma de su mano. Al cabo de un buen rato se extrañó de que el terreno fuese tan llano. Al principio no se preocupó demasiado, pero a medida que avanzaban notó que el llano se extendía demasiado. Entonces cayó en la cuenta de que estaban pisando el ibón de Estanés, que se había helado, y que corrían el riesgo de que el hielo se quebrara en cualquier momento debido al peso de las mulas y de la carga. Isodoro, para no alarmar a sus compañeros, tuvo la sangre fría de callarse, y hasta que terminaron de rebasarlo no les dijo por dónde habían pasado. Si llega a cundir el pánico, lo más probable habría sido que esos hombres hubieran intentado salir a la desbandada y, de ser así, el hielo hubiera podido resquebrajarse y hubiesen muerto todos congelados.

—¡Vaya sangre fría! —exclamé, admirado.

—Pero no fue solo sangre fría —agregó Julián, ayudándome a ponerme en pie para reemprender la marcha—. A la gente del llano lo que más la atemoriza es tener que cruzar la montaña porque teme despeñarse, morir congelado o sepultado bajo un alud, pero no creo exagerar si te digo que la montaña no es peligrosa. El peligro está en el hombre, en sus imprudencias, en su desconocimiento, y te aseguro que si uno se esfuerza por conocer la naturaleza, esta difícilmente será su enemiga.

—Y por donde vamos a pasar nosotros ¿hay mucho peligro? —pregunté mirando los altísimos picos que teníamos enfrente.

—Si no cometemos imprudencias, no…

Era evidente que Julián se había dado cuenta de mi estado de ánimo y con esas historias que me contaba, no solo trataba de distraerme, sino que intentaba levantarme la moral preparándome para el tramo más difícil que todavía estaba por venir.

No sé si fueron sus palabras, o porque de vez en cuando se volvía para ver cómo me encontraba, pero lo cierto fue que hice aquella parte del camino con más energía que las de días anteriores.

Tras dejar Anciles a nuestras espaldas, no tardamos demasiado en llegar a las puertas de

Benasque, donde vimos a un grupo de personas que venían por el camino de Guayente alumbrándose con unas antorchas.

—¡Mierda! —exclamó Julián, de inmediato.

—¿Qué pasa? —le pregunté, sin entender el motivo de su exclamación.

—No lo sé... pero no me fío de esos... —contestó sin apartar la vista de aquel grupo.

Realmente era muy extraño. Aquella gente venía hacia el pueblo dando saltos y moviéndose de forma extraña y exagerada. Si no fuera porque no tenía el menor sentido, hubiera jurado que se acercaban bailando.

Uno de los hombres de nuestro grupo se acercó a Julián y, desconfiando como él, le preguntó:

—¿Qué es eso?

—No lo sé, pero te aseguro que no me gusta lo más mínimo... Creo que por precaución sería mejor que nos escondiéramos.

Don Isidoro, rápidamente también se acercó a nosotros y señalando a aquella gente con el bastón comentó:

—¡Por los clavos de Cristo! ¿Habéis visto a esos locos disfrazados de carnaval?

Por extraño que parezca, el abuelo Isidoro fue el primero en darse cuenta de que aquel grupo iban vestidos con túnicas, gorros con cuernos de carnero, y los disfraces más extravagantes que yo había visto en mi vida.

—Pero ¡si no estamos en carnaval! —exclamó Julián, percatándose también de ello—. Además, deben de ser las tres o las cuatro de la madrugada...

A medida que la comitiva se aproximaba, pudimos ver perfectamente que eran nueve o diez personas ataviadas estrambóticamente; uno llevaba la cara pintada de negro, una peluca también negra y rizada de mujer y en la cabeza lucía unos enormes cuernos de carnero que le daban un aspecto entre cómico y feroz. Otro vestía de monje pero en el hábito había practicado varios agujeros por los que asomaba el trasero y sus partes más íntimas. El resto, iba tan esperpéntico como ellos, y todos danzaban y cantaban al son de un flautín que tocaba la única mujer del grupo.

Realmente, era un espectáculo delirante. Las antorchas se movían al ritmo de la música y su haz de luz proyectaba inquietantes reflejos sobre la nieve.

Muy pronto los tuvimos encima. Llegaron junto a nosotros justo a tiempo de que nuestra gente se replegara formando una piña. Los niños se habían asustado y las mujeres lo miraban todo atemorizadas. Era difícil predecir las intenciones de aquella gente que, sin dirigirnos la palabra, empezaron a danzar a nuestro alrededor, lanzándonos miradas extrañas e inquietantes.

Yo mismo no acababa de entender por qué obraban de aquel modo. No sabía si se estaban burlando, o si pretendían asustarnos. Sea como fuere, era evidente que iban muy borrachos y que algunos todavía llevaban botellas de vino que se pasaban de mano en mano.

Julián, impasible, se limitaba a mirarles directamente a la cara y en un momento dado, le vi agarrar un bastón con disimulo. Pero entonces, del mismo modo en que habían llegado, aquellos locos empezaron a alejarse hacia la salida del pueblo sin decirnos nada y sin meterse con nadie.

Naturalmente, yo no fui el único que respiró aliviado y poco después nosotros también emprendíamos la marcha hacia los Baños del Hospital. Unos minutos más tarde, todavía se oían sus cánticos paganos y me volví para verles. Se habían parado de nuevo en medio de un prado y danzaban cogidos de la mano formando un corro, cual brujas celebrando un aquelarre a la luz de la luna.

Nunca logré entender quiénes eran ni qué hacían a aquellas horas a la intemperie. Carnaval había pasado hacía varios meses y, que yo supiera, durante la guerra nadie estaba tan rematadamente loco como para celebrarlo. Claro que este razonamiento era muy personal y la gente de aquellos pueblos perdidos e incomunicados no pensaban como pensaba en aquella época un chaval de ciudad. De cualquier modo, aquella imagen se me quedó grabada en la memoria y todavía de vez en cuando me asalta a traición y veo a esos locos danzando fantasmagóricamente con antorchas sobre aquel prado cubierto de nieve.

Después de aquel encuentro todavía anduvimos dos o tres horas más hacia el norte siguiendo el cauce del río Ésera. Luego cruzamos un puente y nos internamos en un bosque hasta que Julián nos hizo parar en la Borda del Negro para dormir. Llegamos completamente exhaustos y caímos todos rendidos; no tardamos nada en quedarnos dormidos.

Luego supe que Julián había organizado unos turnos de guardia y que varios hombres se habían relevado para vigilar mientras los demás dormíamos.

El día 10 de abril amaneció nublado. Durante la mañana, estuvo nevando a ratos y la temperatura había bajado algunos grados respecto a los días anteriores. Poco a poco la gente se fue despertando y cerca del mediodía ya nadie dormía. Julián, don Isidoro y los otros hombres que habían estado de guardia se ocuparon de mantener el fuego encendido durante toda la noche y en el interior de la borda había una temperatura bastante soportable.

Tras desayunar abundantemente, reanudamos la marcha sin demasiado entusiasmo. La gente todavía estaba muy cansada y a casi nadie le apetecía proseguir con aquel mal tiempo encima. Al salir del bosque, empezamos a descender por un barranco y luego bordeamos un inmenso bosque hasta hallar otro barranco que tuvimos que remontar para alcanzar de nuevo la margen derecha del río. El hombre herido que llevábamos en camilla había pasado muy mala noche y los demás hombres lo mantenían medio inconsciente a base de darle coñac y de ponerle parches de nieve en la herida.

Recuerdo que en aquel tramo del viaje empezamos a divisar perfectamente las cumbres por donde debíamos pasar para cruzar la frontera, y que yo no podía apartar la vista de ellas ya que por más que las mirara, me parecía absolutamente imposible que nadie en su sano juicio pudiera cruzar por allí arriba. Un par de veces le pregunté a Julián por dónde iríamos exactamente, pues no alcanzaba a comprender cómo lo lograríamos.

Julián, con una paciencia de santo, me explicó con detalle la ruta que seguiríamos y las dificultades que podríamos hallar en el ascenso. Aun así, yo no me tranquilicé del todo y, de vez en cuando, la mirada se me iba hacia aquellas enormes moles cubiertas de nieve y se me hacía un nudo en la garganta.

Durante un par de horas proseguimos en silencio, siguiendo el curso del río hasta llegar a los llanos de Senarta. A medida que ascendíamos, el cansancio fue haciendo mella en nosotros y Julián paró un rato para dejarnos descansar. Entonces sucedió algo que me impresionó muchísimo. Por lo visto, el hombre herido había empeorado de mala manera y don Isidoro decidió que había que amputarle la pierna allí mismo, antes de que fuera demasiado tarde. Así que apartaron a las mujeres y a los niños, y entre don Isidoro, Julián y algunos hombres más, le ataron las manos y las piernas y le pusieron un trapo en la boca para que el pobre diablo pudiera morder cuando el dolor le resultara insoportable.

Y así, con el cuerpo sobre la camilla, a la luz de unas teas en pleno descampado, le cortaron la pierna con un serrucho que previamente desinfectaron con algo de alcohol, luego lo cosieron con unas cuerdecillas que milagrosamente alguien llevaba en el petate. Los ahogados gritos de dolor de aquel hombre todavía resuenan en mi memoria y jamás olvidaré el ruido de la sierra desgarrando el hueso, ni la sangre que manaba a borbotones manchando la nieve y los rostros de los hombres que le sujetaban. Por suerte, el pobre hombre perdió el conocimiento antes de que la sierra llegara a terminar su trabajo y eso facilitó un poco las cosas.

Aun así, tardamos más de tres horas en reanudar el camino, lo que provocó que varias mujeres, muertas de frío, perdieran los nervios y se encararan con Julián, acusándole prácticamente de todos los males que estaban padeciendo. Por unos momentos pensé que no podríamos continuar el camino, ya que los nervios estaban muy crispados y la gente empezó a discutir con malos modos.

Julián, harto de todo, decidió cortar por lo sano y ordenó reemprender la marcha de inmediato, advirtiendo que si alguien no quería seguir, aquel era el momento para abandonar el grupo.

El resto del camino continuamos en el más rotundo de los silencios, y quizá por el mal ambiente que todavía reinaba en la comitiva, a mí me dio la impresión de que avanzamos más de prisa que los días anteriores. Durante aquel trayecto, doña Mercedes y Juana, muy asustadas por el incidente, no se separaron de Julián ni de mí y juntos proseguimos el viaje.

Unas horas después, llegamos a los Baños del Hospital y allí nos detuvimos unos pocos minutos para descansar, ya que todos estábamos extenuados. Media hora después, y haciendo un esfuerzo sobrehumano, reemprendimos el camino atravesando canchales pedregosos y bosques de pino negro. La marcha cada vez se hacía más difícil y tras cruzar el Turonet del Alba en unas condiciones infrahumanas, entramos con mucha precaución en una zona muy castigada por los aludes de nieve y, por suerte, pronto empezamos a descender de nuevo hacia el río Ésera, que en aquel tramo discurre por los llanos herbosos del Plan del Hospital. Llevábamos más de doce horas a la intemperie y el cansancio y el frío habían hecho mella en nosotros; estábamos todos completamente exhaustos. Varias mujeres habían desfallecido por el camino y los ancianos apenas si podían seguir andando. Yo tampoco podía dar ni un paso más y el frío era allí tan intenso, que apenas si me notaba las manos y las orejas, que ya debía de tener medio congeladas.

Julián, al ver que era imposible seguir en aquellas condiciones, decidió hacer otra parada antes de emprender la ascensión definitiva al puerto de la Glera, que ya teníamos ante nuestros ojos, alzándose amenazadoramente a casi tres mil metros de altitud.

Mientras nos tumbábamos de cualquier manera sobre la nieve, un grupo de hombres encendió una hoguera con cuatro teas y una silla que una pobre mujer había llevado consigo durante todo el camino, y rápidamente nos apiñamos alrededor del fuego para entrar en calor.

Entonces, inexplicablemente, alguien disparó sobre nosotros y la gente, aterrorizada, empezó a gritar y a correr despavorida hacia todos lados. Fue un solo disparo, pero suficiente como para que el pánico cundiera de inmediato y en un abrir y cerrar de ojos la confusión fuera total y absoluta.

Yo también reaccioné instintivamente y, tras lanzarme al suelo para ponerme a cubierto, busqué a Julián con la mirada desesperadamente. Fueron fracciones de segundo pero todo el mundo, temiendo nuevos disparos, corrió en busca de refugio. Unos alejándose de allí despavoridos y otros, tratando de parapetarse como podían.

Entre aquel caos me costó verle. Y cuando por fin logré localizarle, me puse en pie de inmediato y corrí hacia él para socorrerle. Estaba malherido, y venía hacia mí tambaleándose peligrosamente, mientras con la mano izquierda se apretaba el pecho en el que tenía una enorme mancha de sangre.

A pesar de mi rápida reacción no pude llegar a tiempo ya que Julián, a dos pasos de mí, se desplomó de golpe, cayendo sobre la nieve. Inmediatamente me arrodillé junto a él y, cogiendo su cabeza entre mis brazos, grité pidiendo auxilio sin lograr que nadie viniera a ayudarnos.

Entonces Julián me indicó con la mano que me inclinara para escuchar lo que iba a decirme.

—No pierdas el tiempo conmigo, chaval —dijo con un hilo de voz—. A mí no me quedan más que unos minutos de vida y tú tienes que irte de aquí ahora mismo. ¿Me entiendes…?

—No puedo irme sin ti.

—Puedes... —me espetó, interrumpiéndome y agarrándome con fuerza de la mano—. Esta mañana te expliqué exactamente qué ruta seguiríamos. El camino está ahí, solo tienes que seguirlo... —añadió señalándome un sendero que partía a pocos metros de donde estábamos y que se internaba en un bosque de abetos—. Tú eres hijo de José Torrent y tu padre nunca se hubiera echado atrás. Vamos, lárgate... Tu destino esta ahí arriba...

En ese momento su cabeza se inclinó hacia un costado y Julián exhaló su último suspiro entre mis brazos. Yo no pude contener un desgarrado grito de dolor y, tras apoyar suavemente su cabeza sobre la nieve, empecé a correr hacia las montañas llorando con toda la rabia del mundo.

No miré hacia atrás. Ni tampoco quise ver si alguien venía detrás de mí. En aquellos momentos no me importaban los demás ni qué había sido de ellos. Una fuerza sobrenatural me empujaba a huir de allí y mis pies se hundían en la nieve obedeciendo un impulso más fuerte que mi propia voluntad.

12

Estuve corriendo durante un buen rato. Me caí una y otra vez por culpa de la nieve, todavía muy blanda, y las piernas se me hundían hasta la rodilla dificultándome muchísimo avanzar. No sé cuánto tiempo anduve de aquel modo, pero a medida que atravesaba aquel frondoso bosque sentía que estaba agotando la poca energía que me quedaba. Además, después de un buen rato, caí en la cuenta de que el silencio era absoluto y que no se oía el menor indicio de vida por ninguna parte. Ni disparos, ni voces, ni nada que indicara que no estaba completamente solo en aquella inmensa montaña.

Por unos instantes tuve miedo. Y recuerdo que fue un miedo muy tangible que transpiraba por todos los poros de mi piel y que incluso podía olerse. No sabría explicar qué me asustaba exactamente, si la posibilidad de que los francotiradores fueran a por mí, perderme en aquel bosque y morir congelado, o la soledad que me rodeaba... Realmente, lo que nos acababa de suceder era incomprensible. La muerte de Julián había sido tan absurda que apenas si podía creerlo. Y lo peor era que no alcanzaba a imaginar quién le había disparado, ni por qué. ¿Había sido pura casualidad que aquella única bala le hubiera alcanzado a él? ¿O acaso alguien le había disparado premeditadamente...?

Miles de personas habían cruzado la frontera clandestinamente aquellos días y no tenía noticia de que al hacerlo pusieran su vida en peligro. Yo podía comprender, o al menos me había resignado a aceptar, la muerte de los soldados en el frente, las absurdas muertes de inocentes niños en los bombardeos indiscriminados de Barcelona y de Lérida, los ataques de la aviación a los trenes repletos de refugiados. Pero aquella muerte superaba toda mi capacidad de comprensión y hasta muchos años después, no entendí que la maldad no era solo un concepto filosófico, sino que puede estar enquistada incluso en las entrañas del más afable de nuestros vecinos.

Tras aquel acontecimiento, sentí que el peligro me acechaba a cada paso y que aquellas enormes montañas eran en realidad las tumbas demenciales de un cementerio, que aguardaba inmóvil a que yo cometiera el menor descuido, el menor error, para tragarme inexorablemente sin que quedara el menor rastro de mí.

Así pues, apreté el paso y procuré salir de aquel bosque cuanto antes. No faltaba mucho para que amaneciera y, según me había dicho el pobre Julián, sólo se tardaba dos horas en llegar hasta el paso de la Glera.

Una vez dejé atrás el bosque, caminar por los prados me resultó mucho mas fácil y mis pies, cada vez más lastimados, lo agradecieron y pronto empecé a remontar una fuerte pendiente que ascendía hacia el torrente de Gorgutes. Aunque completamente solo, no estaba perdido y sabía que más adelante llegaría donde los últimos abetos dejaban paso a la inmesa desolación de las colinas. A partir de allí, no habría árboles, ni arbustos, ni nada… solo una tremenda y aterradora soledad que, al pensar en ella, atrajo otra vez el miedo a mis ojos.

Sabía que había superado los dos mil metros de altitud y con la mirada recorrí el círculo del mundo que tenía ante mí. La silueta de las encrespadas cumbres se empezaba a recortar tímidamente sobre aquel manto oscuro que muy lentamente se iba disipando con la inminente llegada del alba. No era un espectáculo alentador, pero yo intuía que a la luz del sol, aquella sensación iba a cambiar y que me resultaría mucho más fácil orientarme.

Seguí el ascenso, y a cada paso que daba, los pies me dolían más y más. Tras remontar un repechón de nieve dura, advertí que ante mí había rastros de huellas y empecé a seguirlas con el convencimiento de que iba por buen camino. A cada paso que daba, mis tobillos se hundían más en la nieve y cada vez que levantaba un pie, sentía unas tremendas punzadas de dolor. Sabía que se me estaban congelando y que también tenía medio congeladas las piernas, y notaba la boca seca y la lengua rasposa como una roca. Aun así, debía seguir y, haciendo caso omiso del dolor, no me detuve hasta alcanzar una cima tras la cual pude divisar el imponente macizo de la Maladeta y un poco más lejos los glaciares del Aneto.

Al llegar arriba, mi vista recorrió la inmensa llanura totalmente desprovista de vida. De nuevo tuve que vencer el miedo que me dominaba y bajé corriendo y a trompicones por la pendiente del otro lado.

Ahora sé que corrí con una desesperación que rayaba en la locura; sin hacer caso del dolor ni de la imprudencia de mis actos. Por lo que no tardé en tropezar con un saliente rocoso y, por simple debilidad y cansancio, me tambaleé y estuve a punto de caer rodando al vacío. Por suerte, pude reaccionar a tiempo y, tras quedarme inmóvil unos instantes, continué avanzando con más precaución. Aun así, cada vez me resultaba más difícil respirar y notaba que el aire era espeso y helado y que los labios se me movían incontroladamente con un temblor que no presagiaba nada bueno.

Había empezado a cojear muchísimo y a cada paso me sentía más mareado. Una tremenda debilidad se iba extendiendo por mi cuerpo, y los brazos me pesaban como si llevara un invisible fardo que apenas si podía sostener.

Por suerte, pronto empezó a clarear y una lechosa luminiscencia fue disipando las tinieblas, y un sol mortecino y apagado se empezó a distinguir entre esa masa gris de nubes que cubría el cielo.

Llegué al torrente de Gorgutes completamente exhausto. Tenía que cruzarlo para proseguir pero ni siquiera se me pasó por la cabeza quitarme las botas por precaución. Salté sobre varias piedras que asomaban sobre el agua y en una de ésas perdí el equilibrio y me hundí en la corriente. El agua estaba tan fría como el hielo, tan fría que lastimaba los tobillos y entumecía los pies al instante. Intenté salir agarrándome a una roca y resbalé de nuevo sumergiéndome hasta las pantorrillas. Mientras me tambaleaba, extendí la mano que tenía libre en el vacío como buscando apoyo en el aire y di un paso al frente; luego, me agarré rápido a otra roca y finalmente logré salir del agua.

Temblaba de los pies a la cabeza y el frío se me clavaba como si millones de aguijones me perforaran todo el cuerpo. Al caer al agua, había sentido un crujido en el tobillo, e inmediatamente me quité las botas para ver si me había hecho daño. Los calcetines no eran sino unos jirones empapados. Estaban agujereados por varios puntos y los pies, en carne viva, me sangraban. Tras subirme el pantalón, vi que el tobillo se me había hinchado hasta alcanzar el volumen de la rodilla y de la manta que aún cubría mis espaldas, rasgué una tira y con ella me vendé fuertemente el tobillo dislocado. Luego rompí varias tiras más y me envolví los pies con ellas. Hecho esto, me levanté de nuevo y eché a andar antes de que mi voluntad me traicionara y fuera incapaz de seguir.

El sol, cada vez más alto, seguía oculto por espesas nubes grises y todo lo que mi vista alcanzaba a ver había adquirido una tonalidad opaca. Las huellas en la nieve proseguían hacia el norte y, cojeando cada vez más, me encaminé hacia una ladera muy pronunciada que ascendía entre escarpadas rocas. El dolor era ahora más intenso y la pierna izquierda estaba tan entumecida, que apenas si la notaba.

Sabía que estaba poniéndome enfermo y que las fuerzas me abandonaban a cada metro que lograba avanzar. Pese a ello sabía también que no podía pararme a descansar y menos aún cuando el viento empezó a soplar y unos copos de nieve empezaron a hacer acto de presencia.

A medida que ascendía, el aire era más denso y los copos de nieve, más grandes y acuosos, se derretían sobre mi rostro, dejándome una película helada que se adhería a mi piel produciéndome un dolor insoportable.

Creo que a partir de ahí entré en un estado de semiinconsciencia, pues apenas recuerdo nada. Sé que anduve y anduve hasta que los ibones de la Montañeta aparecieron ante mis ojos y por poco se me saltan las lágrimas de emoción. Irrefutablemente, aquello significaba que estaba en el buen camino y que no me faltaba demasiado trecho para llegar al puerto de la Glera. Pero aun así, no me fue fácil llegar hasta el primer lago y mucho menos ascender hasta el ibón de las Gorgutes, a unos cientos de metros de allí.

A medio camino, repentinamente el sol se abrió paso entre las nubes y una luz cegadora fue extendiéndose por toda la ladera.

Yo parpadeé un par de veces y entonces, cuando apenas podía dar un paso más, me pareció ver ante mí la mancha espejada del ibón de las Gorgutes.

Saqué fuerzas de donde ya no había más que desesperación y, como pude, di unos pasos más. A cada zancada, notaba cómo los pies se me desgarraban y cómo los ojos me ardían por culpa del cegador reflejo del sol. Paso a paso, fui acercándome hacia el lago pero, a medida que me aproximaba, la sensación de que cada vez estaba más lejos se fue apoderando de mí, hasta que ya no pude más y, desesperado, caí de rodillas al suelo llorando como un bebé. Durante algún tiempo me quedé allí inmóvil, dejando que aquel sol amigo me acariciara y que su vivificante calor obrara un milagro, que por lo visto no se iba a producir.

Me dejé caer totalmente y, con un esfuerzo doloroso, rodé sobre mí mismo para tumbarme de cara al sol. Miré a mi alrededor y cerré los ojos para escuchar aquel impresionante silencio, tan solo roto por el jadeo entrecortado de mi respiración. Entonces, una somnolencia extraña se fue apoderando de mí, y por unos instantes el frío dejó de atenazarme y noté que un sopor dulce y apacible corría por mis venas.

De repente ya no me dolía nada. Sentía el calor del sol en mi rostro y cómo una suave brisa mecía mis cabellos. Intenté levantarme, pero al hacerlo vi que no tenía fuerzas para ello. Entonces, una ráfaga de terror sacudió mi cerebro e instantáneamente abrí los ojos y me incorporé como pude. En un soplo de lucidez acababa de darme cuenta de que tenía el cuerpo medio congelado y que estaba muriéndome sin remedio.

Una vez de pie, di un par de pasos tambaleándome peligrosamente. Tomé aire y apreté los puños con todas mis fuerzas. No podía dejarme morir de aquel modo después de todo lo que había pasado. Quizás era una completa locura, pero al borde mismo de la muerte, cerré los ojos e intenté serenarme. Creo que le rogué a Dios que me ayudara, y que no permitiera mi muerte en aquellas circunstancias. En cualquier caso, supongo que se produjo parte de un milagro, ya que de pronto noté la sacudida de una ola de energía que brotaba de las profundidades de mi ser, e inexplicablemente eché a andar sin sentir que mi cuerpo existía. El dolor había desaparecido, mis piernas no eran las que me sostenían y los pies ya no pisaban el suelo para que yo pudiera andar. Aun así, seguí avanzando y en ese estado, que difícilmente podría describir, llegué al último ibón y desde allí, no sé cómo, emprendí la ascensión de los últimos metros que me separaban del paso de la Glera. La cuesta era muy pronunciada y mis piernas se hundían en la nieve hasta más arriba de las rodillas. Cada vez que intentaba levantar una, perdía el equilibrio y me caía de bruces como una marioneta a la que de golpe le han cortado los hilos. Una y otra vez caí rendido y al final ya ni pude levantarme. A rastras, arañando la nieve, avancé unos metros más y cuando ya sólo me faltaban unos centímetros para alcanzar la cumbre, noté que mi cuerpo resbalaba hacia atrás, atraído por una fuerza irresistible.

Entonces, lancé un grito con todas mis fuerzas y mis manos instintivamente se clavaron en la nieve como dos estacas. Luego alcé la vista para comprobar dónde me había quedado y, al hacerlo, me pareció percibir un sonido. Un sonido extraño que no era el rumor del viento, ni nada que encajara allí. Apenas lo percibí durante unos segundos y luego desapareció, justo cuando me armé de valor y traté de superar los pocos centímetros que me faltaban para estar a salvo.

Recuerdo que el corazón me golpeaba el pecho cansinamente y que cada latido retumbaba en mi cabeza como un eco que no pertenecía a este mundo. Y justo cuando me disponía a realizar ese esfuerzo, que no sabía siquiera si podría lograr, el tren fantasma apareció ante mis ojos viniendo por un desfiladero directo hacia mí. Su chapa metálica brillaba intensamente bajo los destellos del sol y yo no tuve más remedio que cerrar los ojos porque notaba que las pupilas me ardían a causa de aquel fantástico resplandor.

Me cuesta recordar exactamente qué pasó por mi cabeza al ver el tren del teniente Expósito, ni qué sentí en aquellos momentos. Solo recuerdo que respiré aliviado, que levanté los brazos y los agité desesperadamente para que me vieran, tal como había hecho mi madre aquella noche cerca de Lérida. Luego, perdí el conocimiento, y solo recuerdo que caí al vacío sumergiéndome en un túnel oscuro y profundo.

EPÍLOGO

A causa del cansancio había llegado al límite de mis fuerzas y desfallecí, cayendo por la ladera, montaña abajo, más de cien metros. Por suerte, dos horas después unos hombres me encontraron completamente inconsciente y a punto de morir congelado.

Casi había llegado a la cima. De hecho, llegué a tocarla con la yema de los dedos, pero ni haberla alcanzado me hubiera servido de mucho, ya que luego supe que desde el paso de la Glera hasta el primer refugio en tierras francesas había más de seis o siete horas a pie y en aquellas condiciones yo solo jamás hubiera logrado llegar.

Los hombres que me rescataron, también huían de la guerra y me llevaron con ellos. La verdad es que yo no recuerdo nada de todo eso. Cuando recobré el conocimiento ya estaba en un hospital de Luchón y por lo visto llevaba allí un par de días.

Pensándolo bien, ahora reconozco que la suerte nunca me abandonó del todo... Sobre todo, teniendo en cuenta que no terminé como otros niños españoles, en un campo de refugiados. Un médico de aquel hospital de Luchón se ocupó personalmente de que me reuniera con la familia de la señorita Ana, en Toulouse.

Aquella gente me acogió con los brazos abiertos, como si fuera su propio hijo, y no tardé demasiado en sentirme muy a gusto entre ellos y pronto empecé a ir a la escuela y a chapurrear francés.

Aun así, a menudo me sentía muy solo y no dejaba de pensar en mi madre. Pero pese a todo, fui capaz de sobreponerme y mi vida siguió adelante como la de cualquier otro niño.

A principios de 1939 empezaron a llegar noticias de que el fin de la guerra era inminente y, de hecho, por esas fechas llegaron a Toulouse una gran cantidad de exiliados. El ejército republicano estaba completamente diezmado y el avance franquista ya era imparable. Desde abril de 1938 a enero de 1939, se vivieron episodios muy cruentos. En Balaguer, pocos días después de mi paso por allí, se estableció lo que luego llamaron la Cabeza de Puente de Balaguer. Los republicanos, tras dinamitar los puentes el día 5 de abril para impedir el avance de las tropas nacionales, organizaron la resistencia y defendieron la entrada a Cataluña hasta finales de mayo. En el Pirineo de Huesca, las cosas tampoco fueron mucho mejor, y las tropas atrincheradas en la ribera del Cinca resistieron hasta finales de junio de 1938 en lo que se llamó la Bolsa de Bielsa.

Los pueblos por los que pasé en mi huida fueron cayendo uno tras otro. Lérida cayó el 4 de abril, Balaguer el 6 del mismo mes, Graus el 31 de marzo, Torres del Obispo el 1 de abril, Tremp y La Pobla de Segur también cayeron por esos días y con ellos buena parte de la industria hidroeléctrica del Noguera Ribagorzana. Castejón de Sos y Bisaurri cayeron alrededor del 12 de abril, y Benasque el 14, justo dos días después de mi huida.

Cataluña fue el último bastión republicano; de hecho, el gobierno de la República se tuvo que trasladar a Barcelona en octubre de 1937, pero después de la derrota en la batalla del Ebro, a mediados de noviembre de 1938, las tropas franquistas ya no tuvieron prácticamente resistencia y tomaron Barcelona el 26 de enero de 1939. El 1 de febrero de ese mismo año, se celebró en el castillo de Figueras la última reunión de las Cortes republicanas, y el día 5, tras la caída de Gerona, el presidente de la República, Manuel Azaña, Lluís Companys, presidente de la Generalitat, y gran parte del gobierno, emprendieron el exilio cruzando a pie la frontera hacia Francia por Coll de Lli, siendo escoltados por guardias de asalto españoles hasta Les Illes. Con ellos, también se exiliaron intelectuales, artistas y dirigentes sindicales junto a sus familias. Muchas de esas personas vivieron un largo exilio en Francia, Inglaterra, Rusia y la mayoría de ellos terminaron su éxodo en México. Oficialmente, la guerra civil terminó el 1 de abril de 1939, tras los últimos conatos de resistencia en Valencia y Madrid.

Entre enero y febrero de 1939, Francia tuvo que aceptar cerca de medio millón de exiliados, de los cuales casi setenta mil eran niños, además de mujeres, enfermos y ancianos, que fueron a parar a campos de refugiados. En realidad, los campos no eran más que simples alambradas, donde el frío y la escasez de alimentos hacían que la vida en ellos fuera un verdadero calvario. De los miles de niños que fueron acogidos en Francia, Rusia, México y otros países, muchos no volvieron a ver a sus padres, ni jamás regresaron a su país.

Yo mismo, no volví a España hasta principios de 1950. Pero esta ya es otra historia, porque hay algo que todavía no he contado y que cambió radicalmente el curso de mi vida.

Mi madre no murió en Lérida como todos habíamos creído. La pobre mujer fue evacuada del hospital y trasladada a Barcelona junto al resto de heridos dos días antes de la caída de esa ciudad. Una vez en Barcelona, y contra todo pronóstico, mejoró milagrosamente y meses después pudo abandonar el hospital totalmente restablecida.

Yo no supe que estaba con vida hasta febrero de 1939. Hasta entonces viví con el convencimiento de que era huérfano y jamás pensé, ni remotamente, que mi madre aún pudiera estar con vida. Su carta, y lo que me contó el teniente Expósito, fue muy concluyente. Ni el mismo Expósito pudo imaginar nunca que ella llegara a salir con vida del hospital. Los propios médicos ya la habían desahuciado y su recuperación fue un verdadero milagro.

Un día de finales de febrero, al volver de la escuela, vi que la señorita Ana me estaba esperando en el portal de la casa donde vivíamos en Toulouse. Entonces, de la manera más delicada del mundo, me preguntó qué deseo pediría si pudiera pedir uno. Naturalmente, yo me quedé muy extrañado y le respondí que mis padres volvieran a la vida. Y ante mi sorpresa, ella me miró dulcemente y me dijo que Dios había obrado un milagro y que mi madre estaba viva y que me esperaba en mi habitación para abrazarme.

Recuerdo que subí los peldaños de la escalera de cuatro en cuatro y que mi corazón, loco de alegría, por poco se me sale del pecho. El reencuentro con mi madre fue el momento más emotivo de mi vida y jamás olvidaré el abrazo que nos dimos ni cómo ambos nos echamos a llorar de alegría…

Mi madre y yo vivimos en Toulouse doce años. Alquilamos un piso, mamá entró a trabajar de camarera en un hotel y yo cursé mis estudios como cualquier chico de mi edad.

Durante ese tiempo, las noticias que llegaban de España no nos alentaban a volver. Sabíamos que la posguerra había traído consigo mucha miseria y que la vida era muy dura para todos los españoles.

En Francia las cosas no nos fueron mal del todo. Incluso cuando estalló la segunda guerra mundial, mi madre y yo nos las apañamos relativamente bien y vivimos bastante al margen de la ocupación alemana.

Cuando finalmente regresamos a España yo tenía veintitrés años y ya era un hombre hecho y derecho. Parecía un auténtico galán de cine, y mi tía Fina ni me reconoció cuando volví a Espés con mi madre, el año en que se celebró el Congreso Eucarístico en Barcelona.

El pueblo no había cambiado prácticamente en nada. Bueno, quizás había menos habitantes, ya que algunas familias, después de la guerra, abandonaron aquella vida tan sacrificada y emigraron a la ciudad. Milagros estaba tal como yo la recordaba y mi tía había ganado algo de peso y andaba con cierta dificultad. Con todo, seguía siendo la misma mujer animosa y trabajadora de siempre y mamá y ella congeniaron de inmediato. Recuerdo que lo primero que le pregunté fue si se llegó a saber quién nos había disparado la noche en que intentábamos huir a Francia. Desde aquel día, me había hecho aquella pregunta un millón de veces y jamás había logrado apartarla de mi mente. Por desgracia, mi tía tampoco pudo aclararme qué sucedió exactamente, ya que por el pueblo circularon varias versiones. Unos mantenían que habían sido los carabineros, mientras que otros opinaban que fueron los aguiluchos y que iban directamente a por Julián. En cualquier caso, lo cierto es que el pobre Julián murió por salvar algunas vidas ya que, como pude saber por mi tía, doña Mercedes y la pequeña Juana, también lograron pasar a Francia al día siguiente, junto a otros muchos del grupo, que, tras la desbandada, se habían reencontrado y juntos emprendieron el viaje con la ayuda de un pastor de Anciles que les hizo de guía.

Desde mi vuelta a Espés en 1953 cada verano sigo yendo allí para pasar alguna que otra semana de vacaciones y, en todos estos años, nunca he dejado de hacerlo. Tras la muerte de mi tía, bastantes años después, heredé la casa y las tierras, y hasta hoy, Espés ha sido mi segundo hogar... Ahora en el pueblo solo hay cinco casas habitadas y únicamente viven allí diez o doce personas... Pero aun así, un día de estos daré una sorpresa a todo el mundo y me quedaré a vivir dignamente en ese lugar el tiempo que me quede de vida.

Cuando me oyen hablar de ello, mis hijos y mis nietos siempre me dicen que son incapaces de comprender qué haré solo en un pueblo desahuciado, pero ellos no saben que en Espés, los viejos como yo, no tenemos tiempo para ver cómo la vida se nos escapa de las manos. La supervivencia en esos pueblos no se le regala a nadie y tirar adelante exige trabajar muy duro cada día... Claro que esto es algo que ellos todavía no pueden entender porque no han tenido que luchar para sobrevivir como tuvimos que hacer muchos de nosotros. Además, como decía mi tía, alguien tiene que ocuparse de la casa y de las tierras… y eso, queramos o no, es el legado de una forma de vida, de entender el mundo, que aunque hoy nos parezca anacrónica es mucho más tangible y real que la que vivimos en las grandes ciudades donde, además, los viejos ni siquiera formamos parte del paisaje porque solo somos un estorbo.

Manuel Valls (Barcelona, 1952) **y Norberto Delisio** (Buenos Aires, 1961). Han sido quionistas de películas y series de televisión. A cuatro manos gestaron, se documentaron y escribieron esta novela emblemática sobre las víctimas de la Guerra Civil.